목요일은
지나가고
주말은
오니까

**목요일은
지나가고
주말은
오니까**

2021년 03월 11일 초판 01쇄 인쇄
2021년 03월 18일 초판 01쇄 발행

글 안대근

발행인 이규상 편집인 임현숙 책임편집 황유라
편집1팀 이소영 이은영 황유라 교정교열 신진
마케팅실장 강현덕 마케팅1팀 전연교 윤지원 김지윤
디자인팀 김지혜 손성규 손지원 영업지원 이순복 경영지원 김하나

펴낸곳 (주)백도씨
출판등록 제2012-000170호(2007년 6월 22일)
주소 03044 서울시 종로구 효자로7길 23, 3층(통의동 7-33)
전화 02 3443 0311(편집) 02 3012 0117(마케팅) 팩스 02 3012 3010
이메일 book@100doci.com(편집·원고 투고) valva@100doci.com(유통·사업 제휴)
블로그 blog.naver.com/h_bird 인스타그램 @100doci

ISBN 978-89-6833-297-5 03810
© 안대근, 2021, Printed in Korea

목요일은
지나가고
주말은
오니까

안대근 지음

허밍버드
Hummingbird

지금의 내가 지금의 나를
아껴 줄 수 없는 순간에는

짧게 다니던 회사를 관뒀을 때 사람들이 자꾸 그 이유를 물었다. 다른 이유가 있다기보다는 적응을 하지 못했다. 그런데 사람들에게는 하고 싶은 다른 일이 있다고 말했다. 살짝 얼버무리며 자존심을 챙기다 보니 어느새 나는 꿈 찾아 떠나는 사람이 되었다. 진심이 아닌 것은 아닌데 그렇다고 또 진심만은 아닌 말을 자주 하며 지낸다. 거짓은 아니지만 떳떳하지 않은 고백을 다른 사람들도 할까?

마지막 출근 날, 누군가 여기서 도망치면 분명 나중에 후회할 거라고 말했다. 그날 들었던 다른 수많은 응원과 격려는 다 기억나지 않고, 그 말만 자꾸 머릿속에 맴돌았다. 술자리에서 친구들이 대신 화를 내 주었지만 훌훌 떨쳐지진 않았다. 어쩌면 마음속 한편에 품고 있던 불안함을 들켰기 때문일지도 모르겠다. 그 말을 듣는 순간, 화가 나기보다 걱정이 먼저 되었던 게 사실이니까. 정말 그렇게 되면 어쩌지 생각했었다.

인생의 중요한 결정은 오랜 고민을 거쳐서 당도하는 게 맞는데, 고민을 오래 하다 보면 꼭 예상 밖의 계기로 인해 결정을 내리는 순간이 많았다. 아무래도 내 인생은 그렇게 흘러온 게 아닐까. 오래 글을 쓰자고 다짐하면서도, 늘 적당한 규모의 안정적인 집단에 소속되고 싶다는 생각을 했다. 하고 싶은 일을 하는 게 멋진 삶이지 싶어 존경하면서도, 그 삶을 누군가 인정해 주지 않으면 과연 오래 버틸 수 있을까 걱정이 들었다. 돈도 마찬가지. 돈은 있다가도 없는 거니까 집착하지 말자고 백번 생각하면서도, 내가 아끼는 사람들의 축하할 일과 슬퍼할 일에 기꺼운 마음으로 비용을 지불하지 못할까 봐 앞날이 껌껌해졌다. 조금 느린 걸음이지만 목표를 향해서 꾸준히 나아가는 사람들을 응원하면서도, 오늘 만난 모임에서 내가 제일 뒤처지는 사람이 될까 봐 마음이 조마조마해질 때가 있었다.

그런 순간이 나를 눈치 보게 만들었다. 다정한 인사와 응원을 주고받는 하루 속에서도 꼬박 세 번은 살기 싫다는 생각을 할 때. 동경하는 삶을 사는 사람을 나와 다른 부류라고 단정할 때도. 누군가를 위로하는 사람들은 모두 힘과 용기를 내며 살고 있을까 궁금했다. 부끄러운 고백이지만, 자신을 사랑해야 한다고 글을 적는 작가들은 모두 자신을 사랑하며 살고 있는지 의심도 들었다.

진심이 아닌 것은 아니지만 진심만이라고는 할 수 없는 이야기. 분명하고 싶지만 늘 어딘가 언저리에 걸쳐 있는 어정쩡한 마음. 나는 못 지키지만 사랑하는 사람들에게는 요구하게 되는 다짐을 알아서 나는 자꾸 작아진다. 그러니 이 이야기는 모두 작아진 마음으로 적은 편지들. 이렇게 애매한 채로, 이도 저도 아닌 태도로, 여기저기 한 발씩 걸친 자세로 스스로에 대한 확신 없이 살아가는 중에 언젠가 다시 작아진 내 마음 앞에 도착하길 바라며 적은 편지다. 지금의 내가 지금의 나를 아껴줄 수 없는 순간에는 어제의 내가, 1년 전의 내가, 어떤 날의 내가 작아진 마음으로 적은 이야기 속에서 무해한 인사를 건네줄 테니까.

'왜 지금은 언제나 미완성처럼 느껴질까' 물었던 날이 있었다. 그래서 아직 내 삶이 닳지 않은 거라는 답장이, 꾹꾹 눌러 쓴 연필 자국을 머금은 채로 도착했다. 그 순간 지금의 애매한 마음과 의뭉스러운 발걸음에 바람이 훅 불었다.

마른입에 넣어 준
자두맛 사탕같이.

2021년 3월
안대근

contents

3

무채색

하루에

색색의

미소를

주말은
결국
올 테니까

1

목요일의
눈치

언제나 처음이 어렵다. 자꾸 눈치를 보게 되니까. 처음으로 신입사원의 명찰을 달았을 때도 그랬다. 수습 기간이라서 꿔다 놓은 보릿자루처럼 그저 멀뚱멀뚱 자리만 채우고 있었다. 그때는 뭐라도 시켜 주면 좋을 텐데 싶었다. 뭔가 하는 것처럼 보여야 하니까 노트북 화면도 열심히 들여다보고, 회사에서 오고 가는 메일도 하나하나 꼼꼼하게 읽어 보고, 괜히 한 글자라도 더 노트에 빼곡하게 적었다.

내 앞과 옆에 앉은 선배들은 한숨을 푹푹 쉬었다. 팀장님은 가끔씩 호통을 치고 나는 또 눈치를 봤다. 시간은 재깍재깍 흘러 어느덧 여섯 시. 퇴근을 준비하는 내게 한 선배가 물었다.

"오늘은 뭐 했어? 많이 배웠어?" 선배의 다정한 목소리와 아까의 한숨이 겹치면서 나는 금세 대답을 잃어버렸다. "그게… 아무것도 안 했어요."

땡 하고 퇴근종이 치면 나와 동기는 신입사원이라는 방패막으로 바로 회사를 탈출했다. 전철역까지 함께 걸어가는 길. 오늘도 고생했다며 서로의 어깨를 토닥였다.

"아, 엄청 피곤하다."

"아무것도 안 했는데 참 피곤하네요."

"아무것도 안 해서 피곤한 거예요. 아무것도 안 하니까."

나는 동기에게 걱정이 된다고 말했다. 지금은 이렇게 아무것도 안 하고 시간을 보내서 다행인데, 곧 업무를 맡고 바빠지면 제대로 해내지 못할까 봐 두렵다고. 하루하루 갈수록 불안해진다고. 그랬더니 자기는 그냥 내일 하루도 오늘처럼만 무탈히 흘러가면 좋겠다는 생각을 한다며, 나보고 멀리 바라보는 사람이라고 했다. "당장 눈앞에 닥친 하루하루만 어떻게든 때우다 보면 또 금방 주말이 오지 않을까요."

앞이 보이지 않을 땐 멀리 보고, 마음이 막막할 땐 앞만 보며 걸으면 된다는 어른들의 이야기가 생각났다. 어쩌면 지금의 나는 앞만 보며 걸어야 할 때인지도 모른다. 목요일의 나는 내일이 금요일이라는 사실만 생각하며 살아도 괜찮을 것이다. 지금 나는 아무것도 하지 않아서 피곤하다는 걸 알려 주는 사람의 말을 믿고 싶으니까. 그 말이 고마워서 피곤이 조금 달아나니까.

어느 주말 오후, 약속 장소에 일찍 도착한 날이었다. 밖에서 기다릴까 했지만 며칠 사이 쌀쌀해진 바람이 품을 파고들어 아무 데나 들어가서 잠시 시간을 때우기로 했다. 다행히 근처에 서점이 있어 얼른 발걸음을 옮겼다. 서점을 자주 가는 편인데도 에세이 코너에는 처음 보는 책이 많았다. 하루에도 수십 권의 책이 새롭게 나오니까 이제 더 이상 내 책이 매대를 차지할 수는 없을 것이다. 그런데도 수년째 변함없이 매대의 한 곳을 차지하고 있는 책을 보면 부러움과 함께 존경심이 든다. 시기 어린 질투도 반의반 정도. 꾸준히 글을 적다 보면 내 이야기도 더 많은 사람에게 전달되겠지. '언젠가는'의

목요일은 지나가고

상상으로 정말 언젠가는 떳떳한 사람이 될 수 있을 거라는 믿음을 품는다. 그런 생각을 하며 매대에 놓인 책에 손끝을 갖다 대면서 눈으로는 제목을 따라 읽었다. 에세이는 제목만으로 이미 하나의 이야기 같다. 한 권 한 권 제목을 읽다 보면 누군가의 1분 자기소개를 들은 기분. 그 누군가가 나인 것 같아서 위로받다가도 또 나인 것 같아서 진절머리가 난다.

서점을 한 바퀴 돌다가 눈길이 가는 책이 있어서 봤더니 좋아하는 가수가 낸 소설책이었다. 특히 그의 이별 노래를 무척 좋아하는데 소설가로서 마주하니 반가운 마음이 들었다. 자리에 서서 몇 장 넘겨 봤다. 노래만 잘 만드는 게 아니라, 가사만 잘 쓰는 게 아니라 이 친구는 이야기도 잘 만들어 내는 사람이구나. 존경심이 드는 어른이 생기는 건 든든한 일인데, 존경심이 드는 친구나 동생을 보면 든든함과 동시에 조급함이 나를 향해 덤빈다. 이겨도 좋고 져도 좋은 건강한 결투. 참가할 자격을 갖추기 위해 몸도 마음도 건강해질 필요가 있다고 생각하는 찰나, 한 아이의 목소리가 귀에 걸렸다.

"엄마. 이 책은 왜 비닐에 싸여 있어?"

여러 에세이 사이에서 한 책만 넘겨 보지 못하게 꽁꽁 비닐에 싸여 있었다. 만화책이나 잡지가 비닐에 싸여 있는 것처럼 표지만으로 내용을 넘겨짚어야 하는 상황인 것이다.

"금방 읽을 수 있는 거라서 그래. 서점에서 다 읽고서 책을 안 사면 안 되니까 안쪽을 미리 보지 못하게 비닐로 싼 거야."

순간 뜨끔하는 마음과 함께 오기가 솟았다. 금방 읽는 것의 선명함이 마음을 크게 잡아 이끄는 순간도 있다. 가볍게 넘겨 보는 이야기가 묵직한 추를 매단 것처럼 마음에 뭉근히 가라앉는 때도 있다. 그 선명함과 무게감의 잔상 때문에 선 자리에서 다 읽어 버린 책을 손에 들고 계산대로 향하는 경험을 할 수도 있는 것이다.

나도 예전에는 사 놓고 오랜 시간 들여다보는 책과 금세 읽어버리는 책 중에서 주로 전자가 더 값어치가 있다고 생각했다. 잡지 한 권을 사도 가격이 얼마 차이 안 나면 아무래도 읽을거리도 많고 도움될 일도 많겠다 싶어 더 두꺼운 쪽을 골랐다. 영화도 마찬가지로 막대한 분량이 주는 경외감이 있었다. 그런데 점차 좋은 작품을 많이 접하면서, 좋은 책이나 영화를 경험하면서 그런 생각이 사라졌다. 길거나 짧거나, 어렵거나 쉽거나, 진하거나 옅거나와 상관없이 좋은 것은 그냥 좋고 아쉬운 것은 여전히 아쉬운 법이었다.

목요일은 지나가고

내가 뜨끔했던 이유는, 이 책은 왜 비닐에 싸여 있냐는 아이의 질문을 들으며 꼭 자신 없는 내 모습을 비닐로 꽁꽁 싸매려고 애쓰는 마음을 들킨 것 같아서였다. 마음에 훅 미풍이 부는 제목을 짓고, 기분이 좋아지는 색깔로 겉을 칠하고서 비닐을 꽁꽁. 사람들이 내 이야기를 금방 다 읽고서 '역시 그럴 줄 알았어'라거나 '별거 없네'라고 생각하며 돌아설까 봐 걱정을 하는 것이다. 그래서 '이 책을 계산하기 전에는 비닐을 뜯지 마시오'라는 조건을 달고, '개봉 시 반품 불가' 같은 스티커로 엄포를 놓는 것이다.

학창시절, 숙제를 엄청 열심히 했을 때는 선생님이 빨리 숙제 검사를 하길 바랐다. 제일 잘한 사람의 것을 골라 친구들 앞에서 보여 주길, 그다음은 내 것이길 바랐다. 그때의 치기 어린 마음이 사라져서인지, 최선을 다할 일이 자꾸 도망가서인지, 아니면 내가 아는 가장 대단한 사람들 리스트가 매일매일 새롭게 갱신돼서인지 요즘에는 내 속에서 나온 것에 대한 당당함이 많이 줄었다. 그게 아쉽다.

하루에도 몇 번씩 누군가의 목소리가 묻는다. "오늘 한 일은 비닐로 쌀까요, 말까요?" "'개봉 시 반품 불가' 스티커는 붙일까요, 말까요?" 쫄보라서 일단 떼를 써 본다. "반만 싸면 안 되나요?" "반만 붙이면 안 될까요?" 반반은 안 된다는 말에 오래 고민하다가 요즘의 내가 내리는 답은 이렇다. "제 이야기를 비닐로 싸지 않아도 괜찮습니다."

지금의 나는 별거 없을지 모른다. 한두 번은 반짝이지만 수십 번은 그저 그런 모양의 결과만 내놓는 사람일 수도 있다. 그럼에도 불구하고 "그래도 괜찮으니까 넘겨 보세요" "실망해도 좋으니까 살펴보세요"라는 말을 계속하고 싶은 건, 내가 지금은 별로여도 언젠가는 더 나아질 거라는 바람을 품으며 살아갈 수밖에 없기 때문이다. 지금 선 자리에서 모두 들추어 보고 실망해도 좋으니, 언젠가 내가 부끄럽지 않은 이야기를 적어 매대에 올려놓았을 때 다시 한 번만 더 봐 주었으면 싶은 마음. 별거 없지만 마음에 무겁게 남는 이야기를 적게 되었을 때, 나는 그 순간을 계속 기다리고 싶은 것이다.

　　내가 자주 불행하다고 생각하는 이유는 과정에 집중하지 않기 때문인지도 모르겠다. 결과보다 과정이 더욱 중요하다는 말을 어린 시절부터 귀에 못이 박히게 들었는데. 스스로도 그 과정에 너무 큰 의미를 부여해서 나 자신을 연민한 적도 많았는데. 그럼에도 불구하고 자존감이 금세 회복되지 않았던 것은 무엇 때문일까.

　　결과만큼 과정이 중요하다는 말은 어쩌면 나에게만 국한된 얘기가 아닐 것이다. 내 과정만 중요한 게 아니라는 것. 이건 결국 타인에 대한 얘기다. 살면서 타인의 과정에 얼마나 관심을 가졌나 생각해 보면 금세 머쓱해진다. 지난한 삶과 성취에 대한 누군가의 고백을 들을 때도 성취에만 관심을 가졌지, 성취까지 나아가는 과정의 기록을 두 눈으로 꼼꼼하게 좇지 못했다.

내 잘못만은 아닐 것이다. 지난날의 고생은 조금씩 아름답게 고쳐져서 기록되기 마련이고, 내가 겪는 지금의 고생은 너무 생생해서 더욱 선명한 대비를 만들어 낸 걸지도 모른다. 책이나 티브이 속에 있는 먼 사람들 말고, 시야를 눈앞에 가져와서 늘 붙어 다니는 친구들을 봐도 마찬가지다. 밤낮없이 함께 붙어서 공부했던 친구들이 대학이라는 성과를 냈을 때 (부러움과 시기의 마음이 아주 조금은 있었지만) 진심을 담아 축하했다. 하지만 그때보다 좀 더 멀어져서 한 달에 한두 번 연락하고 만나는 사이가 되었을 때, 정말 기쁜 마음을 전해야 하는 소식 앞에서 축하하는 마음과 함께 숨고 싶은 마음이, 나에 대한 비관이 슬금슬금 새어 나오기 시작했다는 게 말할 수 없이 부끄러웠다.

누군가의 결과만을 보고 스스로를 자책하는 일은 부끄러운 것이다. 타인의 과정을 하나하나 신중하게 살펴볼 필요나 의무는 없지만, 그 과정을 당연스럽게 생략하는 일은 그와 나 사이를 더 멀어지게 만든다. 그는 더 멋진 사람으로, 나는 조금씩 부족한 사람으로. 물론 내 눈에는 너무 멋져 보이는 사람이, 주름 하나 없는 얼굴을 가진 사람이 '사실은 이런 게 힘들었다'고, '이런 게 속상하다'고 말하는 것을 듣는 일이 달갑지만은 않을 수 있다. 지금 나에게 필요한 것 역시 타인의 감정 토로나 신세 한탄에 대해 수용적인 태도를 가져야 한다는 자아성찰이 아니다. 필요한 건 그저 드러나지 않은 그 사람의 과정을 쉽게 평가절하하지 않는 일.

언젠가 자기소개서에 누구나 지원 자격을 갖는 대국민 오디션 시대의 경쟁에 대해서 적었다. 〈슈퍼스타K〉나 〈프로듀스 101〉을 보며 나는 이런 프로그램을 즐기는 시청자일 뿐이라고 생각했지만, 알고 보면 동시에 나 역시 자연스럽게 경쟁 체제에 수용적인 자세가 된 셈이었다. 누군가는 운이 좋아 제작진의 편파적인 애정 공세를 받고, 누군가는 밉보여서 악의적인 편집의 희생양이 되기도 하는 공평한 듯 공평하지 않은 오디션. 그나마 다행인 건, 나는 운과 불운 모두 내가 어찌할 수 없는 영역의 일이라는 걸 빨리 수긍하는 사람이라는 사실이다. 묵묵히 내 자리에서 할 수 있는 일에 최선을 다하는 게 내 역할이라는 걸 안다. 내 일상 속에 파고든 수백 대의 카메라가 언젠가 포착할 나의 장점을, 필요를, 과정을, 변함없는 성실을, 바보 같은 마음을 차곡차곡 쌓아 가면서.

"있잖아, 난 인스타그램을 하면 열등감이 자꾸 커져."

한번은 친구가 말했다. 신경 쓰지 않으려고 해도 열등감이 자꾸 커져서 그만뒀다고. 나도 같은 마음이다. 하루 스물네 시간 중 최고의 순간을 찍은 한 장의 사진을 자꾸 들여다보며 가뜩이나 쭈그러든 자존감의 마지막 바람마저 빼낸다. SNS가 과시의 상징이 되어 불필요한 열등감을 양산한다는 비판은 어제오늘의 일이 아니다. 하지만 그럼에도 불구하고 나는 인스타그램을 한다. 마음이 옹졸해지는 순간, 그럴 때 오히려 더 놓지 못한다.

인스타그램을 하면서 열등감을 느끼지 않는 방법은 모른다. 다만 단점보다 더 큰 한 가지의 장점을 찾아내는 게 나에게 더 필요한 일이 아닐까 조심히 짐작할 뿐이다. 인스타그램을 비롯한 SNS는 계속 모양을 바꾸겠지만 한동안은 사라지지 않을 것이다. 변함없이 굳건하게 그 자리를 지킬 것이다. 그리고 나는 계속해서 그 안의 세계를 관찰할 것이다. 그건 내가 찾아낸 단 하나의 장점 때문이다. 내가 닮고 싶은 사람을,

그 사람의 과정을 들여다볼 수 있는 기회니까. 기분 좋은 오지 랖으로, 보여 주지 않고는 견디지 못하는 사람들의 이야기가 그곳에 쌓여 있으니까. 반은 진짜고 반은 가짜라고 해도, 대부분이 가짜고 아주 조금만이 진짜라고 해도, 그래도 뭔가가 있으니까.

　세상의 모든 일이 그렇듯 선택은 내 몫이다. 나는 이 사각형 사이에서 늘, 진짜를 바라보고 싶다.

선택의 기준

회사를 관두던 날, 힘들게 들어온 회사를 왜 나가려 하냐는 질문을 여러 번 들었다. 막상 답을 제대로 못 했다. 회사를 관두는 이유는 그곳에서 불행하다는 생각이 반복됐기 때문인데, 사실대로 대답하기에는 자존심이 너무 상했다. 불행하다는 표현을 빼고 다른 말을 고르느라 시간이 오래 걸렸다. 그 과정에서 '내가 그토록 불행하다고 느꼈던 이유는 뭐지?' 하고 스스로에게 의문을 갖기도 했다.

욕심내지 않고 만족하는 삶을 살고 싶었다. 회사에서 자아실현을 한다거나 내 이상을 실현하겠다는 마음은 없었다. 하지만 '이건 아닌데' 싶은 불편한 마음을 아무렇지 않게 감당하

목요일은 지나가고

며 지내기에는 내가 단단하지 못했다. 잠들기 전에는 내일이 두렵고 아침에 깨서는 오늘 하루가 걱정되는 매일매일이 아니었으면 좋겠다고 생각했다.

그때부터 선택의 기준이 생겼다. 뭔가를 포기하거나 시작할 때, 어떤 일을 해 나가고 결정함에 있어서 '불편한 마음이 지속되지 않는지'가 첫 번째 기준이 되었다. 마음이 불편한 일은 갑작스럽게 시작된다기보다 어느 정도 예견된 일인 경우가 많다. 이번에도 그랬다. 처음부터 마음이 어려웠다. 아닌 걸 알면서도 다른 선택지가 없었다. 뭔가를 더 해낼 수 있을 거라고, 나도 알지 못하는 역량이나 성향을 발견할 수 있을지도 모른다고 기대했다. 기대라기보다는 바람. 로또까지는 아니어도 작은 이벤트에 응모하는 마음이었다.

"내가 나를 너무 과신했던 것 같아." "내가 더 잘하는 일이 있는 것처럼, 노력해도 안 되는 일이 있는 건데." "해낸다고 해도 행복하지 않은 일이 있는 걸 텐데."

안부를 묻는 사람들에게 말했다. 잘못을 나에게 돌리고 나면 가슴이 울렁이진 않았다. 그런 나에게 누군가 말했다. "그건 너를 믿은 게 아니라 믿지 않은 거지."

내가 잘하는 것, 좋아하는 것, 남들도 인정해 주는 재능을 나도 알고 있지만 그걸로 돈 버는 게 불가능할 거라고 생각하니까 자꾸 다른 직업을 찾는 것이었다. 하고 싶다고 말만 하는 것을 실현할 용기의 없음. 자신 없음의 변명. 수많은 사람을 행복하게 할 생각 말고, 단 한 사람의 바람만이라도 이루어 주며 살 수 있다면 그 인생은 충분히 값진 게 아닐까.

유명한 회사에 가고 싶었다. 좋은 직업을 얻고 싶었다. 나 자신의 가치에 대해 증명하고 싶었고, 부러움의 대상이 되고 싶기도 했고, 그렇게 경쟁을 싫어하면서도 경쟁에서 이기고 싶은 마음도 있었다.

변함없이 남들의 시선이 중요하고 거기에서 자유롭지 못한 사람이지만, 이제는 좀 더 노력해야 할 것 같다. 뭔가를 선택할 때 남들의 시선과 인정이 최우선의 기준이 되지 않도록. 내 마음이 끌려서 하는 선택을 일기장에 적을 수 있다면 좋겠다. 스스로의 가치를 증명하기 위해서는 생각보다 훨씬 더 여러 방법이 있음을 하나하나 깨달으며 나이 먹고 싶다. 도전해서 성취하는 것은 값지고 보람차지만, 도전해야 하는 일의 목록이 하나밖에 없다고 생각하지는 않았으면 좋겠다. 나에겐 더욱 많은 선택지가 있고 만족스러운 삶을 살아가는 방법도 여러 가지가 있다는 것을 알았으면 좋겠다. 오랜 고민을 거친 타협은 실패가 아니라 그 나름의 가치를 지닌다는 것을 마음 깊숙한 곳에서 진실되게 깨닫고 싶다.

파 를
썰 다 가 _____

　　집에 오는 길에 대파 한 단과 애호박 한 통을 샀습니다. 레토르트 된장찌개를 끓여 먹었는데 건더기가 별로 없어서 리필을 할 생각이었거든요. 때마침 집에 사골곰탕 팩이 있기에 물 대신 사골곰탕을 냄비에 콸콸 부었습니다. 그리고 된장 한 숟가락, 소금, 간장, 굴소스 약간. 대충 감으로 몽땅 때려 넣고 맛을 보니 너무 맛있는 거예요. 삼겹살집에서 시키는 된장찌개랑 비슷한 맛이 났습니다. 그렇게 된장찌개를 잘 끓여 먹었다는 이야기를 하려던 건 아니었는데. 아, 파 얘기를 하고 싶었어요. 한 단을 사면 혼자 사는 사람에게는 너무 양이 많아서 송송 썰어 냉동실에 넣었다 꺼내 먹는 파 말입니다. 보통

목요일은 지나가고

찌개에 넣고 난 뒤의 여분은 냉동실에 얼려 두는데요. 오늘은 파 한 단, 애호박 한 통을 썰어서 냉동실에 넣었습니다.

주방에서 파를 써는데 나도 모르게 이를 꽉 깨물고 있더라 고요. 눈은 맵지만 도마는 봐야 하니까 턱에 힘이 팍 들어가 요. 애호박을 썰 때는 더 심했습니다. 단단한 애호박에 칼을 넣으려고 손가락에 힘을 주었는데 손가락뿐만 아니라 어금니 에도 힘이 들어가는 거예요. 철심도 끊어 낼 만큼 어금니를 꽉 물고 있었습니다. 칼질을 다 하고 나서야 힘이 풀렸어요.

나도 모르게 이를 꽉 깨무는 순간이 어디 파를 썰 때뿐일까 요. 삶은 긴장의 연속이고 집중해야 할 일투성이니까 하루에 도 수십 번 나도 모르게 이에, 목에, 또 어깨에 힘이 들어갑니 다. 너무 피곤하고 괜히 지치고 많이 힘든데 힘듦의 이유를 찾 지 못할 때가 자주 있지 않나요. 저는 가끔 인기척 없이 찾아 오는 자책과 후회를 1밀리미터의 가림막도 없이 맞이할 때가 있습니다. 그런 날에는 이유를 찾는 일이 하루를 더 고되게 만들기도 해요. 어쩌면 그건 파를 썰 때처럼 나도 모르게 이 를 꽉 물고 있었던 묵직한 통증일지도 모릅니다. 알게 모르게 어디선가 아직 손에 익지 않은 칼을 들고 뭔가라도 썰고 있었던 모양이에요. 갑자기 찾아오는 상실과 피곤도 나름의 이유가 있을 것이라 생각합니다. 아니면 이유가 없어도 괜찮은 일이었겠지요. 싹둑싹둑. 그러니까 슬플 때는 다 묻어 두고, 다 덮어 두고 슬퍼하면 됩니다. 이유는 따지지도 말고요.

하룻밤 사이로 마음이 변한다.
느리게 갔으면 좋겠다고 생각했던 시간이
이제는 다시 빠르게 흐르기를 바라는 월요일은
아무래도 마음이 가지 않는 사람과 함께하는 느낌.
오랜 시간이 지나도 좀처럼 가까워지지 않는 건
아마 내 잘못만은 아닐 거야.

마음의
여유 _____

　　힘든 티를 내지 않으려고 노력했지만 아마 티가 많이
났을 것이다. 지금도 온몸으로 티를 내고 있겠지. 사랑은 감기
같아서 숨길 수가 없다고 하지만 내 생각에는 모든 감정이 마
찬가지인 것 같다. 힘듦이나 우울함 역시 티 내지 않으려 해도
들키고 마는 것이다.

　　얼마 전에는 술에 취해서 친구를 나무랐다. 채팅방에 자꾸
일이 힘들다고 말하는 모습이 보기 싫어서 힘들다는 말 좀 그
만하라고 했다. 힘듦은 계량화가 가능한 게 아니라 비교할 수
없지만 나에게는 엄살처럼 보였다. 엄살이 아니었을 수도 있
는데, 어제 힘들다고 장문의 메시지를 보냈던 친구가 다음 날

목요일은 지나가고

아무렇지 않게 우스운 얘기를 하는 모습에 화가 났다. 친구가 슬픔에서 기쁨으로 금방 돌아오는 사람이라면 그건 참 다행인 일인데, 요즘에는 내 마음이 옹졸해져서인지 금방 회복될 힘듦이나 자꾸 반복되는 타인의 힘듦을 받아 주기에 마음에 여유가 없는 것 같다. 평소였으면 그냥 웃어넘길 일이었을 텐데 여유가 없어서.

오늘 같은 밤에는 우리에게 여유가 많으면 좋겠다는 생각을 한다. 하루에 여유가 없으면 친구가 외로운 것도 알아채지 못하고, 평소라면 시간을 들였을 분리수거도 조금은 소홀해지고, 반갑고 고마운 친구의 연락도 자꾸 미루게 되는 숙제처럼 느껴져서. 그러니까, 시간은 말도 안 되게 빠르게 흐르지만 "아, 이렇게 겨울이 가고 봄이 오나 봐" 하고 말할 수 있는 시간이 생기면 좋겠다고. 그런 여유가 있으면 좋겠다고.

용기를 마주하면
낯선 마음이 듭니다 _____

　　대학생 때 아이스크림 전문점에서 아르바이트를 했
었다. 한번은 매장에 큰 사고가 생겼다. 아르바이트생 두 명과
함께 마감 업무를 하고 새벽에 퇴근했는데, 다음 날 아침 점장
님이 울먹이는 목소리로 전화를 걸어 왔다.

　"큰일 났어. 아이스크림이 다 녹아 버렸어."

　지금도 그런지는 모르겠지만 그때는 마감을 하면 진열대
청소를 하기 위해 진열대에 있는 아이스크림을 다 꺼내서 커
다란 냉동고로 옮겨야 했다. 그리고 다음 날 아침에 냉동고에
있는 아이스크림을 다시 진열대로 옮기는 식이었는데, 밤사
이에 냉동고의 문이 열려 아이스크림이 모두 녹아 버린 것이

목요일은 지나가고

었다. 차곡차곡 쌓은 통이 어디선가 기울어져 와르르 무너지며 냉동고 문이 활짝 열린 것 같았다. 점장님이 보내 준 사진 속 매장 바닥에는 아이스크림이 용암처럼 분출되어 녹아 있었다. 냉동고 안에 얌전히 놓인 아이스크림도 상황은 피차일반. 한 번 녹은 아이스크림은 기포가 생겨 다시 얼려도 처음의 맛이 나지 않아 모두 폐기 처분을 해야 했다.

원가로만 몇 백만 원의 손실이었다. 나를 포함해 함께 마감을 했던 아르바이트생들은 할 말을 잃었다. 누구의 책임이라고 할 수는 없었지만 혹시나 그 책임을 혼자서 감당하게 될까봐 두려웠다.

그날 저녁, 매장에 도착해서 점장님과 단둘이 근무하는 시간은 무서운 침묵의 연속이었다. 차라리 혼을 내지. 뭐라고 하지. 구박을 주지. 이제 어떻게 하냐고 다그치면 그나마 마음이 편할 것 같았다. 혹시나 점장님도 내 눈치를 보는 걸까 싶어 오랜 침묵을 지키다 내가 먼저 입을 열었다.

"점장님. 아무래도 제가 잘못한 것 같아요. 그래도 제가 몇 개월 더 일했고 나이도 제일 많으니까 군대 가기 전까지 돈 안 받고 일할게요."

이 말을 하기까지 수없이 고민했다. 말을 하는 중에도 목소리가 덜덜덜 떨렸다. 어쩌면 정말로 내가 다 책임지고 물어내야 할지도 모르니까. 누군가 내가 이렇게 말하길 기다리고 있다가 덥석 물어 버릴지도 모르니까. 얼마의 시간이 흘렀을까. 점장님은 그런 건 네가 신경 쓸 게 아니라고 말했다. 알아서 해결할 거니까 다른 아르바이트생들도 잘 타일러 달라고 부탁하면서 자기가 너무 정신이 없고 놀라서 미처 신경을 쓰지 못했다며 오히려 미안하다고 했다.

그날 이후로 한동안 녹았다 언 아이스크림을 한 통씩 집에 가져가서 먹었다. 아이스크림이라면 사족을 못 쓰는 이모는 한 입 먹더니 무슨 맛이 이러냐며 이내 숟가락을 내려놓았다. 할머니와 내가 번갈아 가며 참 오래도 그 아이스크림을 먹었던 기억이 난다. 왠지 버리면 안 될 것 같은 암묵적인 지침이 있었다. 내 걱정과 두려움이 기포처럼 보글보글 가득 차올라 있던 색색의 아이스크림.

그때의 나는 어떻게 그럴 수 있었을까. 철이 없어서 용감했나. 가진 것도 없고 포기할 것도 없어서였나. 그건 지금도 마찬가지인데 요즘의 나는 '정직'과 '책임'이랑은 멀어지는 것 같다. 자꾸 누군가의 뒤에 숨게 되고, 나서지 않아도 되는 일이면 조용히 눈치만 보다가 방관하고 싶은 마음이 크다. 아무래도, 내가 그 시절에 가장 중요하게 생각한 게 나를 둘러싼 사람들에 대한 신뢰였기 때문이 아닐까. 나를 믿는 사람을 실망시키고 싶지 않은 마음, 좋아하는 사람과 불편해지고 싶지 않은 마음이 덜덜 떨면서도 필요한 문장을 입 밖으로 내보내 주었던 거라고 생각한다.

아주 오래전, 아무것도 몰라서 할 수 있었던 여러 행동을 호기로운 무용담처럼 풀어놓는 요즘의 나. 그건 지금의 나보다 훨씬 가능성이 많았다고 느껴지는 그 시절을 그리워하기 때문일까. 그때와 지금, 언제의 내가 더 낫고 아니고를 비교하는 건 의미 없다는 것을 안다. 그런데도 자꾸 그날의 나를 꺼내 오고 또 기억하고 '그땐 그랬었지' 위로하는 마음을 품는다. 아무 의미 없다는 것을 알면서도 그 시절에서 10년의 시간이 지난 내가 또 어떤 식으로든 누군가에게 용기가 되고 싶다는 생각이 간절해져서. 사실은 그 용기가 나에게 필요한 걸 알아서. 어쩌면 지금의 나는 그 어느 때보다 정직하고 성실한 내 모습을 마주하고 싶은 마음이 간절한 것은 아닐까.

반나절이
느린 _____

몇 해 전 가을, 친구와 함께 먼 나라로 여행을 갔다. 덕분에 한국에 있는 사람들보다 반나절이 느린 하루를 보내게 되었다. 한국은 월요일인데 나는 아직 일요일이고, 그들이 각자의 하루를 마무리할 때 나는 새롭게 시작할 수 있는 일이 많았다. 하지만 그뿐. 반나절 느린 인생을 살면 후회라든가 아쉬운 것이 조금은 줄어들지 않을까 했는데 큰 착각이었다. 우리는 각자의 인생을 각자의 시간으로 살고 있을 뿐이었다.

언젠가 이런 글을 봤다. 나보다 나이가 어린 사람들은 나의 과거를 살고 있는 게 아니라, 그저 나와 같은 현재를 다른 나이로 살고 있는 것뿐이라고. 머리가 띵했다. 후회되는 순간의 나이로 돌아가면 많은 것을 바로잡을 수 있을까. 좀 더 행복해질까. 그렇지는 않을 것이다. 나는 나를 잘 아니까. 그때의 나는 그때의 지금을 열심히 살았을 것이다. 자꾸만 후회로 남는 일도 그때의 '지금'에서는 최선이었다고.

친구야. 나는 우리가 최선이었다고 생각해. 후회를 덜어 내는 지금의 우리도 그저 최선일 거라고 생각해.

계단을 오르는 사람의 마음 _____

코워킹 스페이스에 입주한 회사에 다녔을 때, 엘리베이터를 타면 가끔 영어로 대화하는 사람들을 마주쳤다. 숨 쉬는 소리까지 들릴 듯 가까운 거리에서 외국어가 나오면 어느 정도는 알아듣고 어느 정도는 알아듣지 못한 채 흘려버렸다. 물론 알아듣지 못한 비율이 현저히 높았다. 그러면서도 해맑게 웃었다. 그건 혹시나 눈이 마주칠 누군가에게 보내는 온화한 미소. 대충 이해하고 있다는 뉘앙스를 풍기기 위한 계략이었다.

영어를 잘하고 싶으면서도 늘 영어가 어렵다. 영어 공부는 새해가 되면 빠짐없이 하는 다짐 중의 하나지만 실패도 매해 빠짐이 없다. 제대로 시작도 하지 않는 경우가 많다.

얼마 전 친구 준을 만났을 때, 준은 출근길 통근버스에서 메시지로 원어민과 영어 대화를 주고받는다고 했다. 그리고 일주일에 세 번 새벽 수영을 나간다고. 반복되는 직장인의 하루가 지루해서 성실하게 살고 싶은 마음이 들었단다. 또 언젠가 친구 태태를 만났는데, 엄마 친구의 부탁으로 영어 과외를 하게 되었다는 말을 들었다. 그리고 며칠 전, 태태와 같이 밥을 먹는데 과외를 해 주었다는 동생에게서 메시지가 왔다. "형 덕분에 경찰 시험에 합격했어요." 슬쩍 훔쳐보니 명품 지갑 교환권도 함께였다. 조금 부럽고 많이 뿌듯했다. 아니, 사실 많이 부럽고 그보다 더 많이 조급해졌다.

성실이 가득한 사람들 속에서 성실이 사라진 내 일상을 생각했다. 조금 죄책감이 들었다.

나는 계단을 오르는 게 편하다. 반차를 내고 지하철을 탄어느 날, 딱히 목적지 없이 2호선을 헤매다가 합정역에서 내렸다. 지하철을 빠져나와 개찰구를 향해 걸어가는 길. 에스컬레이터와 계단을 두고 잠시 고민하다가 이내 계단으로 발걸음을 옮겼다. 가끔씩 에스컬레이터가 아닌 그 옆의 계단을 오르면 죄책감이 조금씩 지워진다. 사람이 너무 많거나 피곤할 때는 말짱 도루묵이지만, 사람 없는 지하철역에서 계단을 오르면서 스스로를 위안한다. 어디서 본 건지 기억나지 않지만, 어떤 사람들은 짧은 거리는 엘리베이터를 타는 대신 계단을 오르며 마음의 짐을 던다는 글을 읽었다. 그때 나와 비슷한 사람들이 있구나 싶어 안심했다.

나는 왜 늘 마음의 짐이 있을까. 항상 짐을 덜어 내는 방법이 아닌 임시방편을 찾는다. 그래도 대충은 지낼 만했으니까. 계단을 한 칸 오르면 수명이 4초씩 늘어난다는데 죄책감을 지우며 4초씩 늘어난 내 인생에는 어떤 감정이 들어찰까.

나는 계단을 오르는 내 모습이 좋다. 에스컬레이터를 타지 않아도, 조금 불편한 길을 택해도 아직까지는 숨이 많이 차지 않아서 다행이라고 생각한다. 하지만 더 이상은 마음의 짐을 지우기 위해서 오르는 계단이 아니었으면 좋겠다. 묵묵한 실천이나 한 걸음 한 걸음의 도약이 내가 가고 싶은 길을 걷는 과정이었으면 좋겠다. 내가 가는 여정이 얼마나 오래 걸리든 상관없지만, 빠르고 정확한 길을 알면서도 용기가 부족해서 멀리 돌아가는 사람은 되고 싶지 않다. 죄책감을 지우기 위해서 계단을 오르는 일은 이제 그만.

그러니까 이번에는 꼭 공부를 해야겠다.

제목만 봐도
유용한 일 _____

재작년 10월. 해가 바뀌려면 3개월이나 남았는데 일기장을 다 써 버렸다. 뭐 그리 할 말이 많았는지. 마음의 정리가 필요했던 순간이 유난히도 많았던 걸까.

습관 때문인 것 같기도 하다. 무형의 것이든 유형의 것이든 마음에 담은 것은 쉽게 보내지 못하고 어딘가에 담아 두려는 습성이 있다. 같은 이유로 집에도 잡동사니가 넘쳐 난다. 매월 대청소 때마다 버릴 것과 버리지 않을 것을 구분하느라 반나절을 꼬박 쓰고, 또 매년 대청소 때마다 '진짜' 버릴 것과 버리지 않을 것을 구분하느라 하루를 꼬박 보낸다. 스트레스를 받으면 청소를 하는 편인데, 눈앞에서 뭔가 정리되는 걸 보면 마음이 차분해진다. 인생의 많은 것은 '과정'을 확인하기 어려우니까. 내가 얼마나 해냈는지, 해내지 못했는지, 내 수고가 어느 정도 성과를 냈는지 확인할 수 없는 것투성인 데 반해 청소는 얼마나 정직하고 담백한 증명인가.

나에겐 '기록'도 그렇다. 머릿속에서 정리되지 않은 것도 기록을 하면 명료해지는 기분이 든다. 막연해서 막막하고 희미해서 불안했던 것의 실체를 마주하는 기분이랄까. 정리한다고 해서 그 나쁜 놈의 무게가 1그램이라도 사라지는 것은 아니지만, 불안이 키운 불안과 막막함이 키운 막막함이 어느 정도 해소된다.

나는 특별한 존재라고 생각하던 어린 시절을 지나 내가 참 평범한 사람임을 깨달으면서 더욱 기록에 집중했다. 어린 나에게 어른들은 달콤한 독사과를 건넸다.

"너는 마음만 먹으면 무엇이든지 할 수 있는 사람이란다."

처음엔 나도 그 말을 믿었다. 하지만 마음만 먹는다고 모든 일이 다 이뤄지면 이 세상에 좌절은 왜 존재할까. 노력이 성공을 보장하는 만능키라면 인생은 얼마나 아름답기만 할까. 근데 또 생각해 보면, 내가 어른이더라도 당시의 나에게 그렇게 말해 주는 게 최선이었을 것 같다. 이제는 그 말의 의미를 아니까. 모든 가능성을 빅데이터에 기반해 정확한 퍼센트로 설명할 수는 없는 일이다. 수많은 예제와 과거 데이터에 기반한 정확한 예측. 물론 효율적일 수는 있겠지만 '효율'이라는 말에서부터 정을 주기 싫어진다.

한번 가능성을 포기하기 시작하면 너무 빨리 좌절로 귀결된다. 그래서 나는 독사과를 베어 물고서도 여전히 가능성을 본다. 하기 싫은데 해야 하는 것은 성공 가능성을 보고 건너뛰기도 하지만, 하고 싶은 일에 있어서는 "넌 안 돼. 그러니까 죽어도 하지 마"라는 말을 듣기 전까지는 어떻게든 해 본다. 나름의 고군분투 끝에도 아무것도 성취하지 못하면 좌절은 더욱 크게 다가오지만 말이다. 최선을 다한 일이 결과로 드러나지 않을 때의 속상한 마음은 이리저리 흔들린 맥주 캔을 딸 때 넘쳐흐르는 거품처럼 걷잡을 수 없다. 그런 속상함은 두 번 다시 만나고 싶지 않지만, 어쩌면 그것이야말로 내가 일기장을 펼쳐 들게 하고 여기저기에 글을 적게 만드는 원동력이라는 생각도 든다.

노력했지만 떠벌리지 않으면 모두 사라지는 일을 일기장

에 기록하면서 내 노력에 대한 연민을 가졌다. 연민도 쌓이면 막강해지는 법이라 그게 어느새 떳떳함이 되었다. 지금도 여전히 누가 보지 않아도, 읽지 않아도 상관없을 이야기를 어딘가에 꾸역꾸역 기록한다. 결과로 드러나지 않는 것도 분명히 가치 있다는 사실을 나에게 그리고 타인에게 전하고 싶은 마음이 크니까.

'이루지 못했으면 결과적으로 말짱 도루묵'이라는 말도 맞다. 하지만 험난한 세상을 살아가기 위해서 가장 필요한 재능은 '자기합리화'가 아닐까 생각하는 나는 오늘도 열심히 자기합리화를 한다. 내가 애쓰며 해 나가는 일 중 결과적으로 이뤄지지 않는 일이 얼마나 많은데.

남들이 들으면 조금 우습겠지만, 노력을 하면서도 불안할 때 나는 볼록해진 아랫배를 생각한다. 다이어트책을 보면 살이 찌는 순서와 빠지는 순서는 반대라고 한다. 꾸준히 먹고 놀고 잠만 잤을 뿐인데 성실하게 쌓여 가는 뱃살. 이 뱃살은 고통스러운 운동으로 신체의 다른 부위를 모조리 훑고 난 뒤에야 스멀스멀 이제 좀 빠져 볼까 생각할 것이다. 알게 모르게 꾸준했던 노력은 그만큼 힘이 세다. 그러니까 실패했다고 해서, 성과를 내지 못했다고 해서 다시 0에서 시작해야 하는 건 아니다. 이룬 게 아무것도 없는 것처럼 보이지만, 볼록해진 아랫배처럼 뭐라도 어딘가에 쌓여 있을 것이다. 그건 내가 좌절하고 탄식하고 자책하고 울고불고 난리를 쳐도 쉽게 사라지지 않는 것.

좋아하는 말 중에 '제목만 봐도 유용하다'라는 말이 있다. 최근 메일링 서비스가 부상하면서 광고만 쌓이던 메일함이 생기를 되찾고 있다. 나도 좋아하는 작가의 에세이나 일상툰을 구독하고, 선망하는 문화공간의 뉴스레터를 신청해서 받아 본다. 바쁜 일상이지만 내가 닮고 싶은 사람, 꿈꾸는 라이프스타일을 포기하지 말아야겠다고 야심 차게 다짐한 것이다. 그런데 실상은 귀찮고 피곤하다는 핑계로 제대로 확인하지 못할 때가 많다. 주말에 몰아서 읽기도 하고, 가끔은 나중에 읽어야지 하고 보관함에 옮겨 놓기만 할 때도 있다. 그런 내 모습에 왠지 모르게 죄책감이 들었는데 '제목만 봐도 유용하다'라는 말이 큰 용기가 되었다. 나의 다짐이 적극적인 실천이나 학습까지 도달하진 못하더라도 그 자체로 의미 있음을 일깨워 주었다. 메일함에 쌓이는 제목만 읽어도 유용한 거니까.

나는 비정기적으로 수필 구독 메일링 서비스를 운영 중이다. 내 메일을 구독하는 독자들도 아마 나와 비슷한 마음이지 않을까. 감사하게도 메일이 오기만을 기다렸다가 단숨에 읽기도 할 거고, 아껴 두었다가 여유가 생겼을 때 초콜릿처럼 하나씩 꺼내 먹기도 할 테고, 다음 호 모집 공고를 보고서야 메일함을 뒤져 뒤늦은 복습을 할지도 모른다. 나에겐 모두 고마운 사람들이다. 구독 신청서는 내 컴퓨터에 차곡차곡 쌓여 있다. 처음의 마음들이 하나도 빠짐없이 모여 있다. 적어도 매일매일 뭔가를 읽고 싶었던 그 마음의 과정이 어딘가에는 남아 있다. 얼굴도 목소리도 모르지만 그런 사람들을 상상해 본다. 소원을 하나씩 품고 있는 우리는 아마도 기록하는 것을 좋아하는 사람.

꼭 필요한 반복

누군가 나에게 장점이 뭐냐고 물어보면 '정성'과 '꼼꼼함'이라고 말했다. 한번 마음이 가기 시작하면 사소한 것이라도 정성을 들이는 사람이라고 말하고서는 그동안 내가 내팽개친 것이 생각나서 겸연쩍기는 했다. 하지만 분명히 믿고 있다. 정성을 들인 것은 뭐가 달라도 다르고, 언젠간 어떤 방식으로든 모두 드러난다는 믿음.

꼼꼼함을 장점이라고 말하게 된 건 기록하는 걸 좋아하는 성격 덕분이다. 기억해야지 하고 기록하는 게 아니라, 글자가 하나둘 쌓여 공백을 메우는 일을 지켜보는 게 좋다. 어쨌든 기록해서 남긴 것이 있으니 어느 정도 더 꼼꼼해졌겠거니 스스로 자부하는 것이다. 그런데 요즘엔 나를 꼼꼼한 사람이라고 소개하는 일이 많이 부끄럽다. 글을 쓰면서 맞춤법을 자꾸 틀리기 때문이다. 검토한다고 하는데도 나중에 다시 보면 미처 발견하지 못한 오타들이 '설마 이건 몰랐지?' 하며 나를 놀린다. 실수할 수 있다고 생각하면서도 이내 시무룩해진다. 내가 창조한 오타들이 몇십, 몇백 바이트를 차지하며 영원히 사라지지 않고 인터넷 세상을 자유롭게 유영할 테니까.

중학생 때, 매일 영어 시간에 쪽지 시험을 봤다. 영어 단어의 뜻을 적고 짝꿍이랑 시험지를 바꿔서 채점하는 형식이었는데, 어느 날은 급한 마음에 '가까이'가 아닌 '까가이'라고 적어 놓고 채점하는 내내 짝꿍의 눈치를 살폈다. 그때의 나는 짝꿍과 사이가 조금 안 좋았다. 장난이 심한 친구였는데 내가 장난을 안 받아 주어서 심통이 난 상태였다. '제발 모른 채 넘어가라. 동그라미를 쳐라' 속으로 빌었는데 짝꿍은 기회를 놓치지 않고 시험지 위에 빨간 작대기를 그었다. 나를 쳐다보며 지은 회심의 미소도 선명하게 기억난다. 인정머리 없는 놈. 내가 설마 '가까이'를 몰라서 그렇게 적었겠냐고 핀잔을 주었지만, 원래 아 다르고 어 다른 거라는 짝꿍의 말에 반박할 수 없었다. 모른 채 넘어가길 바랐던 나의 속마음에는 원래라면 빨간 작대기를 긋는 게 맞다는 생각이 깔려 있었으니까. 괜히 심술이 나서 씩씩거리며 짝꿍의 답안지에서 오자를 찾았지만 틀린 게 없었다. 짝꿍은 분위기 메이커에 공부도 잘하는 빈틈없는 녀석이었다. 지금 생각해 보면 그 친구의 장난을 받아 주지 않았던 건 조금은 귀찮아서, 얄미워서, 질투가 나서였을지도 모르겠다. 그때의 경험이 나에게 검토와 반추의 중요성을 알려 준 거라고 생각하니 이제는 이름도 생각나지 않는 짝꿍에게 문득 고마운 마음이 든다.

같은 걸 두 번 하는 건 귀찮다. 이미 풀어 본 난센스 퀴즈를 또 푸는 기분. 특히나 첫 번째 경험이 그리 유쾌하지 않았다면, 지난하고 촘촘하게 별로라는 감정이 남아 있는 길을 걸어왔다면 그걸 반복하는 건 정말 괴로운 일일 것이다. 중간에 죽으면 다시 처음부터 시작해야 하는 아케이드 게임처럼 내 머릿속으로는 이미 끝판왕을 만났는데 현실은 또다시 첫판.

이미 적은 글을 다시 들여다보는 것도, 예전에 경험했던 일을 이전만큼만이라도 성실하게 해 나가는 것도 쉽지 않다. 하지만 지금 나에게 이건 꼭 필요한 반복이라는 생각이 든다. 반복 속에서 단련되고 나아지는 내 모습을 마주하는 일이 갈급하기 때문이다. 닿고 싶은 이상향을 바라보면서 그만큼의 수고를 들이지 않는 내가 이제 핑계를 그만 댔으면 좋겠다. "나도 예전에 많이 해 봤어" "다들 알잖아. 나만큼 노력한 사람도 없어"라고 말하며 현재의 게으름에 정당성을 부여하다 보면 정말로 아무것도 이루지 못할 것 같아서 자꾸만 불안해진다.

이건 그냥 오타일 뿐이니까 대충 문맥에 맞춰서 유추하고 넘어가 달라고 생각하지만, 그럴수록 오래전에 가지고 놀았던 레고처럼 내 몸의 조각이 하나둘 빠져나가는 걸 느낀다. 나는 여전히 가까이 잡아 두고 싶은 것이 많고, 되고 싶고 닿고 싶은 모양이 분명히 있는데, 나태로 시작된 실수가 그것이 나에게서 '가까이' 멀어지게 만든다.

결국 내가 되고 싶은 사람은 장점이 없어도 괜찮은, 그럼에도 여전히 유효하고 매력적인 사람이지만 아직은 아니니까. 언제 이룰 수 있을지 모르니까. 그러니 누군가 나에게 장점이 뭐냐고 묻는다면 부끄러움 없이 내가 생각하는 장점을 말하고 싶은 것이다. 정성으로써 꼼꼼한 사람. 정성스럽게도 꼼꼼한 사람. 꼼꼼해서 정성이 되는 사람으로.

잘
들고 있어요 _____

    나는 한 노래가 좋아지면 질릴 때까지 반복해서 듣는
편이다. 요즘은 이랑의 〈잘 듣고 있어요〉라는 노래를 얼마나
듣는지 모르겠다.

    할 일이 많이 쌓여서 한 시간 일찍 출근한 날이었다. 가장
먼저 할 일은 노동요 세팅. 그날은 매번 듣는 플레이리스트 대
신 유튜브에서 랜덤 재생을 했다. 왠지 그러고 싶은 날이 있
다. 우연히 좋아하는 노래가 나왔으면 하는 마음. 앞으로 좋아
하게 될 노래를 발견했으면 하는 마음. 이 노래도 그렇게 만났
다. 목소리가 익숙해서 일을 하다 말고 모니터 속 인터넷 창을
다 헤집어 유튜브 창을 맨 앞으로 가져왔다. 좋아하는 가수 이

랑의 노래였다. '이렇게 좋은 노래를 왜 처음 듣는 거지?'라고 생각했는데, 아직 음원은 없고 유튜브에만 올라와 있기 때문이었다. 곡이 끝날 때까지 멍하니 모니터를 바라봤다. 영상에 자막이 입혀져 있어 감동이 두 배, 세 배, 네 배가 되었다.

잘 알고 있어요 듣고 있어요 기억하고 외우고도 있죠
의미가 있는 이야기는 듣고 또 들려주고 싶어요
잘 듣고 있어요 듣고 있어요 잘 듣고 있어요

언젠가 그런 적이 있다. 인스타그램에서 유명한 카페에 가서 예쁜 음료를 시켜 놓고 봤던 것 그대로 사진을 찰칵. 일본에 갔을 때는 도쿄 타워의 사진만 수십 장을 남기고, 뉴욕에 갔을 때는 엠파이어 스테이트 빌딩 사진만 카메라에 백 장 넘게 담았다. 이미지 사이트에서 검색하면 나보다 잘 찍은 사진이 수만 장 있는데. 무료로 사용할 수 있는 것도 수백 장은 될텐데. 잠깐 허무함에 빠졌다가 이내 생각을 고쳐먹었다. 나보다 잘 찍는 사람도, 나보다 잘하는 사람도 많지만 이건 '내 것'이니까.

그리고 오늘 똑같은 사진을 또 찍는 이유, 남들이 더 잘 찍어 놓은 사진을 나도 찍는 이유가 하나 추가됐다. 인스타그램에도, 블로그에도, 서점에 진열된 책에도 늘 혼재하고 산재해 있는 진부한 이야기를 계속 적는 이유를 다짐해 본다.

이 노래 가사를 가지고 싶어서 포털 사이트에 검색했다. 아직 음원이 없어서인지 정확한 가사가 나오지 않았다. 하지만 다정한 사람들이 친절하게도 자신의 블로그에 직접 가사를 받아 적어 글을 올렸다. 적어도 서른 개가 넘는 게시글을 보며 마음이 따뜻해지고 안심이 되었다. 검색했을 때 결과가 한 개뿐이면 이 가사가 맞는 건지, 내가 제대로 들은 건지 괜히 불안하니까.

나도 가사를 내 블로그에 옮겨 적었다. 의미가 있는 이야기는 듣고 또 들려주고 싶으니까. 내가 적는 이야기가 이미 누구나 알고 있는 것의 반복이라도, 나는 당신이 좀 더 쉽게 찾아볼 수 있었으면 좋겠다. 힘들 때나 슬픈 마음이 들 때, 듣고 싶을 때, 말하고 싶을 때. 당신이 확인하고 싶은 이야기가 쉬운 단어로도 검색됐으면 좋겠다. 이건 가짜가 아니라고, 진부한 것은 어쩌면 진짜이기 때문에 진부한 걸지도 모른다는 사실을 알려 주고 싶다. 그래서 괜찮다는 말이나 멋지다는 말을 이렇게 반복적으로 하는 게 아닐까. 외로운 사람이 여기에 있다는 말도 같이. 방대한 데이터의 양이 신뢰를 담보하는 것은 아니지만, 나는 당신이 어떤 단어를 입력하더라도 쉽게 원하는 답을 찾았으면 좋겠다. 지금 필요한 그 답을 찾았으면 좋겠다. 당신이 찾는 검색 결과가 많았으면 좋겠다. 찾고 싶은 문장을 의심하지 않았으면 좋겠다.

목요일은 지나가고

애 써 본
한 사람의 다정함 _____

　　내가 이만큼 정성을 들인 것을 알아봐 주지 않는다고 속상해할 때가 많았다. 하지만 이제는 알고 있다. 정성 들여 뭔가를 하는 사람만이 정성 들인 뭔가를 알아봐 준다. 내 마음이 부끄러운 걸까 봐 고민해 본 사람이 내 마음이 부끄러우면 어쩌지 하고 고민하는 사람을 안아 줄 수 있는 것처럼. 이건 내가 부족해서가 아니다.

　　애쓰지 않은 열 사람의 무관심 대신 애써 본 한 사람의 다정함을 마음에 품는다.

혼자일 때
겁나는 일 _____

　　취업 준비생 때 한 회사에서 인턴으로 일한 적이 있
다. 정규직 전환이 결정되던 날, 나는 잘렸다. 함께 일한 인턴
들과 회의실에서 그 얘기를 들었을 때는 웃음만 나오고 별로
무섭지 않았는데, 돌아서서 혼자가 되고 나니 마음이 아팠다.
나와 같은 상황에 처한 사람들이 주변에 있으니까, 망연자실
한 표정으로 서로를 바라보며 웃고 있으니까 괜찮았던 게 아
닐까. 같은 상황의 사람들이 곁에 있다는 막연한 안도감. 혼자
가 아니라는 위안.

　　그 사람들과 헤어진 순간, 지금부터는 나 혼자 돌파구를 찾
아야 하니까 그게 무서운 일이 되었다. 그럴 때 친구들을 만나

면 불안한 마음이 조금은 가셔서, 예전에는 비슷한 슬픔을 반복할 때마다 어떻게든 누군가를 만나고 다녔다. 내가 나에게 괜찮다고 말하는 것보다 좋아하는 사람들이 말해 주는 괜찮다는 말이 더 신뢰가 갔다. 내가 혼자서는 아무것도 할 수 없는 사람이라는 생각이 많이 들 때는.

처음으로 친구들과 해외여행을 갔을 때, 첫날에 그만 휴대폰을 잃어버렸다. 산 지 한 달이 채 되지 않은 휴대폰을 가방 앞주머니에 넣고 지하철을 탔는데 내릴 때 보니 아무리 찾아도 휴대폰이 없었다. 선량한 시민은 자기 나라에 여행 온 이방인의 물건을 가져가지 않을 거라고 굳게 믿었던 것 같다. 그건 첫 해외여행에서 내가 배운 값비싼 깨달음이었다. 머리가 새하얘졌지만 생각보다 쉽게 체념했다. 여기서 찾을 수 있는 방법이 있을 리 만무했고, 함께 여행하는 친구들까지 내 눈치를 보게 만들고 싶지는 않았다. 어차피 외국이라서 연락할 사람도 많이 없었고, 내 옆에는 24시간 내내 친구들이 붙어 있었으니까. 그래서 슬픔이 크지 않았다. 아니, 큰 슬픔을 눈앞의 즐거움 뒤로 잘 숨겨 놓을 수 있었다.

여행에서 돌아오는 날까지 분명 빈틈없이 행복했다. 그런데 친구들과 공항 지하철역에서 헤어지면서부터 그동안 참고 있던 막막함이 불쑥 튀어나왔다. 짐을 가득 들고 지하철 창문에 기대서 있는데 나도 모르게 줄줄 눈물이 흘렀다. 사람들이 가득한 지하철 안에 있는데 연락할 사람이 아무도 없다는 사실이, 당장 누군가의 목소리를 듣고 싶어도 그럴 수 없다는 사실이 뭐가 그리도 서러웠던 건지. 집으로 돌아가는 두 시간이 참 많이도 무섭게 느껴졌다. 지금까지도 혼자가 되었다는 실감이 그토록 생생했던 적이 없다.

함께 있을 때는 그럭저럭 견딜 수 있던 것이 혼자가 되어서는 커다란 불안으로 다가오는 일은 여전히 나에게 치명적인 위험이다. 가지고 있던 것을 잃어버리거나 잘 유지해 오던 관계에서 떨어져야 할 때, 내가 소속된 환경이 주는 편안함을 더 이상 누리지 못할 때, 관계에서의 수많은 이별이나 익숙한 것에게서 거절의 의사를 전해 받을 때. 반대일 줄 알았는데 나이를 먹을수록 더 강해지는 것 같다.

나는 이제 어른이니까 이런 일에 무너지지 말고 차근차근 하나씩 극복해 나가야 한다는 걸 잘 안다. 누군가에게 기대지 말고 스스로 해결해야 한다는 것도. 주변의 소중한 인연들은 그 자체로 고맙고, 그들과 함께하는 시간은 내가 삶을 포기하지 않게 만드는 반짝임이라는 것이 분명하지만, 그것과 별개로 내가 나에게 "괜찮아" "할 수 있어"라고 말해 주는 것이 얼마나 가치 있고 소중한 일인지를 안다. 여전히 쉽지 않고 잘할 수 없는 일이지만 반드시 필요하다는 것을.

혼돈 속에서 후회가 가장 적은 선택을 하게 해 줄 사람은 나다. 나를 책임질 사람은 결국 나 자신이라는 사실은 왜 꼭 더 이상 누군가의 뒤에 숨을 수 없게 되었을 때 알게 되는 걸까.

"너는 무엇을 해도 잘할 수 있는 사람이야." "재능이 많은데 그걸 너만 모르는 것 같아." "하나도 안 늦었어. 너는 지금 뭐든 할 수 있어." "마음만 먹으면 어디든지 갈 수 있어. 무엇이든 할 수 있을 거야."

내가 무섭다고 할 때마다 주변에서 말해 준다. 고맙다고 말하는 내 인사는 진심이지만, 고마움과는 별개로 금세 슬퍼지는 이유는 말하지 못했다. 내가 좋은 사람이라는 것만으로도 나를 모르는 사람들을 설득할 수 있을까. 처음 보는 누군가에게 나는 순간의 좋은 사람일 수 있을까. 나는 한 번에 알아볼 수 있는 사람일까. 친구들의 말을 믿으며 나 스스로 자신감을 쌓아 갈 때 처음 만나는 사람들도 나를 알아봐 줄 거라는 것을 알지만, 그게 참 쉽지 않다. 누군가가 나를 알아봐야만 하는 상황이, 절차가, 관문이 어렵고 힘들고 답답해진다.

후회가 가장 적은 선택. 그건 내가 누군가의 뒤에 숨지 말아야 하는 것 같다. 핑계를 댈 사람이나 원망할 사람을 찾지 말고, 누군가 내 인생을 책임져 주기를 기대하지 말고, 석연치 않은 마음이 자꾸 생기는 걸 알면서도 숨지 않는 일. 세상에서 나에게 가장 중요한 건 뭘까. 그건 아마도 나 자신일 테다. 그러니 누구라도 내가 그 사람의 1순위가 될 수는 없다. 스스로를 포기하면서까지 나를 책임져 줄 사람은 없고 그건 서운해할 일이 아니니까. 더 이상 누군가의 뒤에 숨지 말고 스스로 결정해야 하는 것이다.

그 시간은 언젠가 다가올 걸 알면서도 마냥 미루고 싶은 순간일 줄만 알았는데, 어쩌면 인생에서 가장 소중한 순간일지도 모르겠다는 생각이 든다. 행복한 사람이 되어 가는 과정 중에 있는.

'월요일은 바쁘니까 내일부터 제대로 시작해야지' 하고
미뤄 둔 일을 마주하면
어제의 내가 조금은 미워지지만,
지난날의 나는 언제나 최선이었다는 걸 안다.
어제의 나를 믿고 내일의 나를 의지하며
한 걸음씩 내딛는 화요일의 성실.
덕분에 내가 꿈꾸던 일상도
불가능에서 가능으로 조금씩 조금씩 옮겨 가는 중.

각자의
그 래 프 _____

"꿈은 크고 높게 가져야지." 어릴 적부터 귀에 못이 박히게 들었던 말이다. 크고 높은 꿈이란 대체 뭘까 생각하며 길을 걷다가 문득 주위를 둘러봤을 때 내 눈앞에 펼쳐진 건 하늘에 닿을 듯 수직으로 치솟은 아파트였다. 크고 높았다. 꿈이란 건 어쩌면 거대한 라이터처럼 생긴 아파트 같은 걸까.

얼마 전에는 지인들을 만나 맥주를 마셨다. 기분 좋게 취해 집에 가야 하는 시간. 모두 회사 가기 싫다는 마음으로 마지막 술잔을 붙들고 있었다. 그때 한 선배가 자기는 소원이 하나 있다고 했다. 은퇴. 은퇴를 바라기엔 너무 빠른 거 아니냐고 나무랐지만, 선배는 소원인데 마음대로 말도 못 하냐고 대꾸했다. 그때 다른 동료가 선배에게 물었다.

"선배는 돈이 얼마큼 있으면 은퇴할 수 있겠어요?"

"100억 정도면 할 수 있지 않을까?"

"100억은 너무 많지 않아요? 그럼 평생 은퇴 못 해."

"요즘 서울에 아파트 한 채 사려면 20억은 있어야 하고 그럼 80억밖에 안 남는데? 적어도 100억은 있어야지."

"앞으로 1년에 1억씩 쓸 거예요?"

"왜 못 써? 충분히 쓰지. 1억씩 쓰고도 남는 돈은 동물들한테 쓸 거야. 나는 동물들이 행복한 세상을 만들고 싶어."

누가 돈을 주는 것도 아닌데 부질없고 쓸모없는 이 질문은 자리에 앉은 순서대로 계속 이어졌고, 돌고 돌아 내 차례가 왔다. 조금 고민하다가 대답했다.

"5억이면 되지 않을까요? 돈을 펑펑 쓸 것도 아니고, 평생 회사 다닌다고 해도 그만큼 모을 자신도 없고. 그 정도만 있어도 은퇴해서 행복하게 살 수 있을 것 같아요."

"너무 소박해. 대근 씨가 나중에 대박이 나서 얼마를 벌지 어떻게 알아? 자신의 한계를 너무 작게 정하지 마. 한계는 넓게, 가능성은 크게, 꿈은 더 높고 크게!"

"근데요. 한계를 넓게 설정하기에, 가능성을 크게 보기에, 꿈을 더 높고 크게 잡기에 지금 제가 너무 아래에 있는 것 같아요."

내 대답을 듣고 선배는 손가락을 움직여 테이블 위로 긴 가로선을 하나 그었다. 그리고 그 선을 따라가며 손가락을 위아래로 움직였다. 삐쭉 솟았다 푹 꺼졌다 하는 모양이 주식 그래프처럼 테이블 위에 떠올랐다.

"사람의 인생은 결국 하나의 선으로 수렴한다고 생각해. 지금은 여기 아래에 있다가도 언젠가 다시 위로 올라가기도 하면서 내려갔다 올라갔다 반복하는 게 아닐까. 각자의 그래프를 그리면서."

"저도 그렇게 생각해요. 그런데 제 직선 자체가 너무 아래에 있으면 어쩌죠. 남들보다 한참 밑에요. 제 가로축이 0에서 시작하는 게 아닐 수도 있다는 생각이 가끔 들어요."

"이 그래프에서 가로축은 각자가 그리는 거야. 내 인생인데 그 정도는 내가 할 수 있어야 하지 않겠어? 그리고 내가 신이라면 적어도 대근 씨가 불행을 느끼게 세상을 창조하지는 않았을 거야."

시끄럽고 어두운 술집. 천장에 달린 미러볼 불빛이 우리의 얼굴을 훑고 가던 새벽녘. 내 그래프가 위를 향해 쭉쭉 올라가는 순간이었다.

선배가 꼭 100억을 가지고 은퇴할 수 있다면 좋겠다고 생각했다. 나는 평생 모을 돈으로 10억을 꿈꾸지 않는 사람인데. 20억짜리 집에서 살 생각조차 안 해 본 사람인데. 100억을 가지면 좋겠다고 생각하는 선배는 잠깐 동안 신도 되어 볼 수 있어서 내가 불행하지 않을 세상을 창조해 주었구나. 그런 세상이라면 나도 가로축은 내 마음대로 그릴 수 있겠다는 용기가 생겼다. 지금은 잠시 직선의 아래에 점을 찍고 머물러 있지만 언젠가는 오르기도 할 테고, 설령 다시 내려오더라도 내 삶은 내가 그은 직선에 수렴하는 모양을 그릴 테니까. 나도 행복하고 선배도 행복하고 동물들도 행복한 세상의 모양을 닮을 테니까.

정착 _____

　　그만 방황하고 정착해야 한다는 말을 들으면 마음이
뜨끔한다. 나도 그렇게 생각하니까. 하지만 정착을 위해 애쓰
는 시간이 방황일지도 모른다. 불편한 옷을 입고 힘들어하는
지금이 나에게는 그 시간일 수도 있다. 불편함을 더는 일이라
면 방황이 아니다. 방황이 맞다고 해도 나쁘지 않을 것이다.

목요일은 지나가고

한 걸음 느린
광고 _____

　　　　인터넷 쇼핑몰에서 밥솥을 구경했다. 추석 선물로 무엇을 가지고 싶은지 물었더니 할머니는 아무것도 사지 말라고 대답했다. 그래도 혹시나 해서 한 번 더 물었다. 그제야 전기밥솥이 오래돼서 밥맛이 좋지 않은 것 같다며 밥솥을 바꾸면 좋겠다고 했다. 밥솥이 문제인지, 아니면 자기에게 문제가 있는 건지 모르겠다고 웃는 할머니의 목소리가 느릿느릿 휴대폰을 통과해 흘렀다. 왠지 지금 바로 사야 할 것 같은 마음에 전화를 끊고 오늘의 할 일 목록에 '밥솥 사기'를 적었다.

　　빠르고 편하려고 인터넷 쇼핑을 하는 건데 은근히 귀찮고 오래 걸린다. 요즘처럼 정보가 넘쳐 나는 시대에 처음으로 들어간 쇼핑몰 제일 위에 있는 물건을 덥석 샀다가는 괜히 손해 보는 기분이 든다. 그래서 계속 더 싼 게 있는지, 더 좋은 물건이 있는지 페이지를 넘기며 끈질기게 찾는다. (근데 참 신기한 게 몇 시간을 검색하더라도 결국에는 제일 상품평이 많은 첫 페이지의 바로 그 물건을 구매하고 만다.)

뭔가 찜찜한 쇼핑을 끝내고 난 다음, 언젠가부터 인터넷 서핑을 할 때마다 밥솥 광고가 떴다. 처음에는 신기하고 귀여웠다. 글자와 글자 사이에, 사진과 사진 사이에 은근슬쩍 밥솥이 끼어들었다. 내가 검색한 내용을 누군가 다 수집하고 있었다니. 정보화 시대라는 말조차 고리타분하게 느껴지는 최첨단 시대에 산다는 생각에 살짝 무섭고 많이 경이로웠다.

휴가를 가려고 항공권을 알아보면 그다음부터는 인터넷 뉴스에, SNS에 계속해서 항공권 최저가 광고가 떴다. 에어비앤비로 숙소를 검색하고 난 뒤에는 내가 가려고 하는 휴가지의 숙소가 비엔나소시지처럼 줄줄이 딸려 나왔다. '고객님. 지금 바로 방콕에서 가장 저렴한 숙소를 만나 보세요'라면서.

한두 번은 신기했는데 계속 반복되니까 바보처럼 느껴졌다. 물건을 사야지 마음먹으면 (순간의 내적 고민은 엄청 하지만)

단번에 구매를 결정하는 편인데 늘 구매하고 난 물건의 광고가 떴다. 이미 산 밥솥, 예약을 마친 여름휴가 숙소, 배송이 하도 빨라 이미 집에 도착한 청바지, 초특가 속옷 5종 세트.

다른 물건으로 눈을 돌린 나에게 지나간 물건의 광고가 계속된다. 마치 늘 한 박자씩 늦는 눈치 없는 사람을 보는 일과 닮았다. 늘 조금씩 뒤처지는 내 모습 같기도 하다. 이미 정해진 마음의 방향을 아예 모르거나, 아니면 전부를 아는 것 중 하나라면 좋을 텐데.

아까는 인스타그램을 하다가 며칠 전 충동적으로 산 티셔츠의 광고를 봤다. 막상 입어 보니 어울리지 않아서 그대로 옷장에 넣어 두고는 한 번도 꺼내지 않았던 옷인데 광고를 보니 살짝 미운 마음이 들었다.

늘 조금씩 뒤처지는 사람의 최선도 이런 걸까. 뒤로 밀려나면서 내가 했던 말, 최선을 다하겠다는 그 말도 지켜보는 누군가에게는 이렇게 답답하고 미운 다짐이었을까. 미덥지 않게만 보이는 말이었을까. 결국 최선을 다하지 못했다는 생각을 하는 지금, 그 반복이 많이 바보처럼 보였을 것 같아 눈이 시큰거린다.

걱정의 얼굴 —————

책상 위에 노트를 활짝 펼쳐 놓고 걱정의 얼굴을 그려 봤다. 이렇게 생긴 게 맞는지 확신은 없지만 일단 그렸다. 이렇게 생겼었구나 확인하고 나서 다시 쓱싹쓱싹 지우개질을 했다. 머릿속에만 맴도는 것은 가끔 너무 벅찬데, 그래서 하루를 다 잡아먹기도 하는데, 이렇게 실물을 마주하면 한결 마음이 가벼워지는 기분이 든다. 다행인 일이다. 처음부터 만나지 않으면 좋겠지만 그럴 수 없다면, 걱정의 얼굴을 마주할 용기가 있었으면 좋겠다. 노트 한 권, 연필 한 자루. 걱정의 얼굴을 마중 나갈 부지런함이 살짝 있었으면 좋겠다.

넘치지도
모자라지도 않게 _____

집에 가는 길에 늘 전기구이통닭 가게를 지난다. 뜨거운 통 안에서 노릇하게 구워진 통닭이 돌돌 돌아간다. 마침 가게가 횡단보도 앞에 있어서 추운 겨울에는 신호등이 바뀌길 기다릴 때마다 가게 앞에서 잠시 언 몸을 녹이기도 했다. 겨울이 끝나고 봄이 오려고 하는 어느 날에는 털모자를 쓴 꼬마와 엄마가 얘기하는 것을 들었다.

"엄마. 여기 와 봐. 엄청 따뜻해."

"남 장사하는데 그렇게 방해하면 안 돼."

꼬마 옆에서 모른 척 서 있던 나도 괜히 뜨끔해서 핸드폰을 보는 척했다. 그렇게 한 계절을 비추던 아주 샛노란 불빛.

가끔 자정이 다 된 늦은 시간에 집에 들어갈 때면 커다란 전기화로 안에 통닭이 얼마나 있는지 훔쳐봤다. 제일 윗줄에는 노르스름하게 익어 가는 통닭이, 아래로 갈수록 껍질이 구릿빛으로 바삭바삭하게 타들어 간 통닭이 있었다. 어떤 날은 세 마리, 어떤 날은 한 마리, 또 어떤 날은 손님이 많이 없었는지 어른의 주먹만 하게 쪼그라든 통닭이 칸마다 촘촘하게 꽂혀 있었다.

장사를 준비하는 사람의 마음이 궁금할 때가 있다. 전기화로 안에서 돌아가는 통닭이라든지 이미 구워 놓은 붕어빵, 아침부터 열심히 말아 놓은 김밥. 그런 것으로 하루를 준비하는 사람의 마음은 어떨까. 한두 개 차이로 딱 맞게 가늠할 수 있다면 좋겠지만 그렇지 못한 날도 꽤 많을 것이다. 욕심내서 양껏 하기엔 남을 게 걱정되고, 그렇다고 조금만 하기에는 마음이 괜히 아쉽고. 넘치는 것도, 모자라는 것도 옆에서 지켜보기에 둘 다 속 편한 일은 아니다.

그런 생각을 하는 나는 회사에서 하는 일이나 나를 둘러싼 사람 사이의 관계에서 늘 '적당히'가 어려운 사람이다. 넘치게 퍼 주고 나서 또 후회하지 않을 자신은 없어서 잉여가 된 마음을 주워 담느라 바빴다. 모자라게 표현한 애정이 가뭄 든 해의 열매처럼 말라 갈까 봐 밤잠을 자지 못했다.

혼자 살면서 냉장고의 김치도 상한다는 걸 알았다. 바리바리 싸 주어도 다 먹지 못해서 버리게 될 거라는 내 말을 듣는 둥 마는 둥 엄마는 또 음식을 가득 담았다. 어찌 되었든 '적당히'가 되지 않는 사람이 있다. 오늘 화로 속을 빙글빙글 돌고 있는 통닭은 오늘까지만 살았으면 좋겠는데. 퇴근길에 누군가 마지막으로 사 갈 한 마리만 남아 있으면 참 좋겠는데. 넘치는 것도, 모자라는 것도 없이.

지금이라는
시작점 _____

　　나는 순발력이 없는 사람인데 요즘 자꾸 새로운 일이
생긴다. 새로운 규칙, 새로운 과제, 새로운 메뉴. 그동안 묵묵
히 받아들이다가 오늘은 한도를 초과해서 넉다운이 되었다.

　　뭔가를 새롭게 시작할 때 이전의 것을 모두 바꾸려고 하면
지치는 것 같다. 새로운 규칙이 생겼으니 기존의 것도 새롭게
정리하고 싶은 마음이 든다. 그럴 수 있다면 좋겠지만 그게 나
를 지치게 한다면, 벅차다면 그 모든 시작점을 '지금'으로 해
도 되지 않을까. 이전의 것은 이전대로 내버려 두고, 누가 물
어보면 몰랐다고 시치미 떼고 지금부터. 그렇게 생각하면 예
전의 나를 원망하거나 탓할 일 없이 마음이 누그러진다.

체념도
재능 _____

체념하는 것도 재능이다.

나는 노력해 본 포기나 도전해 본 체념을

존중하는 삶을 살고 싶다.

도전하기에 늦은 나이는 없다는 말보다

체념하기에 늦은 나이는 없다고 생각하면

마음이 좀 더 편해진다.

본래의
의도

지하철을 탈 때면 임산부 배려석이 비어 있는지 확인한다. 사람들이 규정을 잘 지키는지 확인하고 감시하려는 건 아니고 그저 내 마음이 편해지기 위함이다. 임산부 배려석에 임산부가 아닌 사람이 앉는 걸 보면 마음이 불편하다. '임산부도 아닌데 왜 저기에 앉는 거지?'라는 생각이 들어서만은 아니다. 그 사람을 보고 혀를 끌끌 차거나 화나는 마음을 먹을 누군가가 생길지도 모른다는 생각에서 그렇다. 앞서가는 걱정도 정말 큰 병이다.

걱정이 많다는 점에서 아무래도 나는 평화주의자다. 누군가 불편해지는 상황이 생기는 게, 못마땅해지는 상황을 만들고 그 환경에 발을 들여놓게 되는 게 견딜 수 없이 어렵고 힘들다. 아무도 뭐라 하지 않는데 괜히 그 사이에 껴서 혼자 어쩔 줄 몰라 하는 사람. 어쩌면 남들이 보기에는 내가 세상에서 가장 불편한 사람일지도 모르겠다.

임산부 배려석에 대해 인지하기 시작했을 때, 처음에는 이런 생각을 가졌다. '아예 그 자리를 비워 두는 건 비효율적일지도 몰라. 누구라도 앉아 있다가 그 자리에 앉아야 할 사람이 오면 비켜 주면 되는 거 아니야?' 그런데 아니었다. 그 자리에 누군가 앉아 있으면 그 앞에 서는 게 불편해지는 사람도 있는 것이었다. 어쩌면 생각보다 많은 사람들이 (당연히 그래도 되는 거지만) 왠지 자리를 비켜 달라고 그 앞에 서는 것만 같은, 누군가의 자리를 뺏는 듯한 기분이 들 테니까. 어느 잡지에선가 이런 글을 읽고 나서, 당연하게도 당사자가 되어 보지 못한 나는 지금까지 너무나 많은 부분에서 무지한 사람이었구나 싶어 부끄러웠다.

'이 자리는 미래의 주인공을 위해 비워 둔 자리입니다. 모두 배려해 주세요.'

한번은 인터넷에서 임산부 배려석이 잘 운영되기 위한 캠

페인 카피에 대한 찬반양론을 봤다. 임산부에 대한 존중이 쏙 빠진 글이라고 많은 비판의 댓글이 달렸다. 아기가 소중하고 귀한 존재인 것은 맞지만, 임산부 자체로 존중받고 보호받아야 한다는 말이었다. 별생각을 하지 못했던 나는 또 머리를 한 대 맞은 것처럼 멍해졌다. 참 다행히도 부족한 나를 일깨워 주는 것이 여전히 많다.

이 카피를 적은 사람이 여성을 출산의 도구로 생각한다거나, 아기만 중요하고 임산부는 중요하지 않다고 여기는 사람은 아닐 거라고 생각한다. 사람들이 더 크게 공감하도록 만들기 위해서, 그리고 '아기'라는 존재에 대한 배려나 사회적 의무와 책임의 적용이 더 관대하기 때문에 그런 카피를 적게 되었을 것이다. 더 고민하고 더 신경 써야 했지만, 그런 위치였지만, 그러지 못했던 것이다.

더 이상 '본래의 의도'라는 게 어떤 잘못이나 문제의 책임을 상쇄할 수 없는 세상에서 살고 있다. 나 역시도 반론의 여지 없이 그게 당연하다고 생각한다. 그 사람의 본래 의도가 어떻든 누군가에게 상처를 주고 부정적인 결과를 가져왔다면 그것은 명백한 잘못이니까. 더 이상 책임 회피의 수단이 될 수 없다. 본래의 의도와는 다르게 계속해서 발생하는 상처의 자국을 무수히 많이 보고 자라 오면서 이에 대한 내 입장도 더욱 확고해졌다.

그렇지만 본래의 의도가 아예 사라지지는 않았으면 좋겠다. 여전히 본래의 의도가 존재하는 세상에서 살고 싶다. 너무나 많은 잘못을 저지르고 또 후회하고 주워 담으며 살게 만들어진 우리의 존재가 본래의 의도를 인생에서 지우고 살아간다면 나는 어디까지 숨 쉬어도 괜찮은 생명일 수 있을까. 잘못을 인지하면서 느끼는 부끄러움은, 반성과 성찰을 통해 쌓아가는 선함은 모두 길을 잃고 헤매다가 우주 어딘가로 사라질지 모른다. 더 나은 사람이 될 수 있는 기회가 우주 속의 먼지처럼 닿을 수 없는 거리에 놓일 거라 생각하면 아득하다. 애초부터 실수와 잘못을 조립해 내지 않고 살 수 있는 사람이면 좋겠지만, 우리는 잘못하지 않고 살아가기에 생각보다 부족한 존재니까. 비난을 견디기에도 마음의 평수가 너무 좁으니까.

잘 모르니까 배워야겠다는 마음. 무지하고 부족하니까 노력해야겠다는 마음. 내가 아는 것을 반대편의 누군가는 잘 모를 수도 있으니까 알려 주어야겠다는 마음. 내가 요즘 갈구하는 것은 이런 것이다. 이 마음과 마음 사이에는 원망이나 분

노, 무시와 차별, 비아냥거림이나 권위, 우월감이나 포기, 존재 자체의 부정이나 중간 과정이 없는 이분법이 끼어들지 않으면 좋겠다는 바람이 간절해졌다.

　나로 인해 누군가가 아프거나 상처 입는 게 무섭고 두렵다. 본래의 의도와는 다르게 발생하는 아픔과 상처는 감당하기 어려운 두려움이 된다. 이런 두려움을 간직하면서도 사람들 사이에서 살아가야 하고, 또 살아가고 싶고, 싫다면서도 이런 존재가 주는 위안과 안식에 힘을 얻고 마는 나는 그런 사람.

　내가 옳다고 믿는 것을 반대하거나, 내가 생각한 기준과 결과에 어긋나는 말을 하는 사람들을 미워하고 배척했었다. 하지만 내가 정말로 미워했던 것은 고민 없는 부정의 말이었다는 생각이 든다. 잘 몰랐으니까 배워야겠다는 마음, 잘 모를 수도 있으니까 알려 주고 싶다는 마음이 부재한 날 선 문장들. 내가 알지 못하는 것이나 실수, 잘못 알고 있는 오해에 대해서 선생님처럼 다정하게 알려 주는 사람이 보고 싶어진다. 꽤 많이 그립다.

　선생님을 기다리는 동안 내가 할 일은 나만의 기준을 잘 세우는 거겠지. 스스로 납득할 수 있는 근거를 갖고 내가 행동하고 사고하는 것의 목적을 잘 알고 있어야겠지. 본래의 의도를 알려고 노력하지 않고 노력할 수 없는 세상 속에서 누군가에게 쉽게 상처 주지 않기 위해서. 또 누군가에게 쉽게 상처받지 않기 위해서.

오늘 집에 가는 길에 지하철에서 임산부 배려석 안내 방송을 들었다. 아기의 목소리가 흘러나왔다. 꼬물거리는 말투로 우리 엄마를 위해서 이 자리를 비워 달라고 했다. 그 순간, 맞은편 좌석의 임산부 배려석을 눈으로 좇으면서 나도 모르게 미소가 지어졌다.

남들이 하는 일이 최선이라는 생각을 갖는 건 쉽지 않다. 최선의 결과였을 거라는 믿음이 생기기까지는 시간이 필요하다. 하지만 조금씩 나아지는 중이라고 믿고 싶어진다. 조금씩 변해 가고 있다고 믿으면 조금씩 변해 갈 거라고. 조금씩. 아주 조금씩.

잠깐의 부러움 뒤,
아주 오랫동안의 응원을 _____

어떤 사람과는 노력하지 않아도 친구가 된다. 고마운 마음이 자연스럽게 생긴다. 그런 사람이 몇몇 있는데, 취업 준비 시절 만났던 사람들이 특히 애틋하다. 그렇게 친구가 된 동생이 한 명 있다. 이름은 정. 나는 운이 좋게 1차 면접에서 붙고 정은 아쉽게 떨어졌다. 내가 뭐라고 조금 으쓱하기도, 미안한 마음이 들기도 했다. 스펙이 전부는 아니라지만 서울의 명문대를 졸업하고 토익 점수도 만점에 가까웠던 정이가 자꾸 자기 자신에 대해 부족하다고 말할 때마다 잘못돼도 뭔가 한참 잘못됐다는 느낌이 들었다. 나 역시 부족한 사람이라는 생각을 항상 하고 그래서 노력을 하지만, 노력보다는 운을 기대하는 것이 더 나은 일이 아닐까 매 순간 생각하던 때였다.

난 결국 그 회사의 마지막 면접에서 떨어졌다. 이왕 떨어질 거 미리 떨어지지. 괜히 시간을 뺏기고 마음고생만 한 것 같아 야속했다. 사람 마음이 간사하다. 떨어지기 전에는 어떻게든 좋은 모습만 보려고 하다가, 거절당하면 나도 모르게 원망한다. 미운 마음이 드는 건 아무래도 아쉽기 때문이겠지. 정신없이 취업을 준비하며 꽤 많은 곳의 면접을 봤지만 최종 합격한 곳은 단 한 군데였다. 이런 게 취업이구나. 운명이구나. 이럴 줄 알았으면 고생하지 말고 긴 여행이나 다녀올걸 하는 후회가 들었지만, 취업 준비생으로 지내던 지난날의 고군분투를 훈장처럼 마음에 담아 그해 겨울 나는 신입사원이 되었다.

몇 달이 지나 함께 면접을 봤던 곳보다 더 가고 싶어 했던 회사에 취업했다는 정의 소식을 들었다. 진심으로 기뻤다. 그와 동시에, 그때 면접 결과를 받아 들고서 정에게 미안함과 안타까움을 느꼈던 내 모습이 부끄러워져서 숨고 싶기도 했다. 이건 타인에 관해서만이 아니다. 나 자신에게도 쉽게 우쭐해하고 또 쉽게 연민을 갖는 일이 반복될 때마다 그게 내가 계속 지난날을 후회하며 시간을 보내게 만드는 원인이 된다는 것을 알아서 속상하다. 우쭐해하거나 연민을 하기에 지금 겪는 과정은 너무나 잘게 조각조각 나 있고, 나 자신을 객관적으로 바라보기에 나의 지혜는 부족하니까. 뭔가를 쉽게 예단하기에 앞날은 미지로 가득하고, 우리의 상황은 아무렇지 않게 이리저리 모양을 바꾼다.

그런 걸 보면 세상은 내 생각보다 훨씬 복잡하게 구성되어 있는 것 아닐까 싶다. 내가 어쩔 수 없는 것도 도처에 가득하다. 하지만 이 복잡한 세상을 살아가는 것은 어쩌면 생각보다 단순한 방법으로 이뤄지는 것 같아서 또 기분이 싱숭생숭해진다. 이 시험에서 붙고 안 붙고가 나의 가치를 결정하지 않는다는 것을 진심으로 믿고 받아들이기. 내가 누구보다는 낫고 누구보다는 부족하다는 생각을 조금씩 줄여 나가기. 그럴 수 없다면, 나란 사람이 애초에 그럴 수 없게 만들어진 종류라면, 그런 못난 생각은 아주 잠깐씩만 하기로 한다. 그러니까 우리는 경쟁을 하지만 친구가 될 수 있는 거라고. 이건 미워하는 마음을 줄이는 행복. 정말 잘되기를 바라는 응원.

그래도 여전히 못난 생각은 자주 찾아온다. 나와 같은 학교를 다녔던 친구가 월급을 많이 주는 회사에 들어갔대. 나와 같은 회사를 다녔던 동료가 더 좋은 곳으로 옮겼대. 나와 같이 면접을 봤던 그 사람은 이번에 교직원이 되었대. 이런 말을 내뱉는 순간이 '안 그래야지' 다짐하는 순간만큼 많은 것 같다.

'나와 같은' '나와 같이'라는 말을 그 사람의 앞에 붙이면서 내 자존심은 조금 챙기기. 하지만 '나와 다른' 상태가 된 그를 저만치 높이며 기껏 챙긴 자존심을 내 손으로 뭉개기. 잠깐 동안 같은 길을 산책했다고 해서, 잠시 동안 같은 경주에서 어깨를 맞대고 달렸다고 해서 마치 그들과 내가 같은 역량을 갖춘 사람인 양 생각하고는 했다. 나는 운이 나쁠 뿐이라고 생각하면서, 잠시 함께 있던 그때만을 기억하며 그 사람이 해 온 노력과 성실은 알아볼 생각도 없이 부러움을 갖기도 했다. 같은 목표를 향해 노력했다는 이유로 이후에 그 친구들이 새롭게 쌓아 올린 목표와 이를 위한 발걸음, 가끔씩의 좌절, 먹먹함, 이 모든 것을 상상해 보려고 하지 않았다.

그러니까 지금부터의 나는 부러움은 잠깐만 가지고 아주 오랫동안 응원을 보내고 싶다. 내가 할 수 있는 최선의 진심을 담아서. 잠시 동안 함께했던 사람들이 품었던 용기를 존경하면서 나 역시 내가 정말로 하고 싶은 일 앞에서는 용기를 낼 수 있는 사람이고 싶다. 누군가는 나를 보고서 내가 많이 망설

였지만 결국엔 내디딘 발걸음을, 그 용기를 발견했으면 좋겠다. 용기를 발견하는 일, 어쩌면 꼭 발견하지 않아도 내가 품은 이 용기 자체가 누군가에게 응원이 된다면 참 좋겠다.

투명한
내일 _____

앞날은 어떻게 될지 모르는 거라는 생각에 눈앞에 놓인 무엇이든 하고 봤던 대학 시절. 누구보다 잘할 수 있을 거라고 생각했던 교생 실습은 고난의 연속이었다. 나는 스물다섯, 아이들은 열여섯. 내 중학교 시절을 생각해 보면 별 탈 없이 무난한 하루의 연속이었던 것 같은데. 별생각도 고민도 없었던 것 같은데. 관심을 갖고 지켜보니 열여섯 소년들은 복잡하고 미묘하고 어려운 시기를 지나고 있었다. 지난 시간은 늘 아름답게 미화되는 법이라고 했던가. 나의 학창시절도 그렇게 미화된 것이구나 싶은 마음에 정신을 차리고 보니 그 시절, 나를 옭아매던 고민이 하나둘 수면 위로 떠올랐다.

우리 반 아이들은 순진하지는 않지만 여전히 순수하다는 느낌. 한 명 한 명 상담을 진행하면서 깨달은 건 아이들이 조금은 더 늦게 알았으면 좋겠는 것을 이미 너무 많이 알고 있다는 사실이었다. 꿈은 크게 가지라고, 하고 싶은 걸 찾는 게 제일 중요하다고 말하면서도 이미 나보다 더 많은 경우의 수를 계산해 본 아이들 앞에서 그런 말을 하는 내 모습이 황량하게 느껴졌다. 학교 도서관에 쭈그려 앉아 닮고 싶은 사람의 이야기만을 읽었던 나와 다르게 낙담의 문장으로 가득한 공간을 조그만 휴대폰만으로도 언제든지 헤집고 다닐 수 있는 그들 앞에서.

"저희 아버지는 경찰인데요. 저는 경찰은 절대 안 할 거예요. 엄마가 경찰 하지 말래요. 제 생각에도 힘들기만 한 직업 같아요."

"저는 공부 포기했어요. 제가 반에서 중간 정도인데 저 정도면 어차피 좋은 대학 못 가잖아요. 좋은 대학 가도 요새는 좋은 회사 가기 힘들대요. 어차피 안 되는 거 해서 뭐 해요."

"선생님은 어릴 때 뭐가 되고 싶었는데요? 원래 선생님이 되고 싶었던 거예요?"

"학원을 네 개 다니는데요. 솔직히 그 돈으로 엄마가 다른 거 했으면 좋겠어요. 공부를 못하니까 엄마가 포기했으면 좋겠어요. 노력한다고 못 푸는 문제가 풀리는 것도 아니고."

아이들의 상담 시간은 면접처럼 힘들었다. 불쑥불쑥 허를 찌르는 질문 앞에 어떤 대답을 내놓아야 할지를 몰랐다. 특히 나도 고민하고 있는 부분, 나도 어쩔 수 없다고 생각하는 부분에서 그저 고개를 끄덕이기만 해도 되는 걸까. "그러게. 나도 잘 모르겠어. 어떻게 해결해 나가는 게 좋을까. 함께 고민해 보자"라고 말하기엔 우리가 함께하는 시간이 너무 짧았고, 나에게 당면한 문제만으로도 그해 봄이 너무 벅찼다.

짧지만 고단했던 한 달의 시간. 내 인생에서 한 달을 통째로 잘라 내고 그 앞뒤의 시간을 그대로 이어 붙인 기분이 들었다. 아무것도 변화하지 않았고 또 아무것도 변화시키지 못했던, 나 자신에 대한 '어쩔 수 없음'을 인정해야 했던 그 시간은 큰 상실감으로 다가왔다. '꼭 특별한 기억을 선물해 줄 거야' '의미 있는 시간으로 만들어 줄 거야' '단 한 명이라도 변화의 계기가 될 수 있는 순간이 되도록 노력할 거야'라고 생각했었는데 그런 건 역시 말처럼 쉽지 않은 일이었다. 하지만 그렇다고 해서 아무 의미 없는 시간은 아니었다. 새롭게 알게 된 것도 분명 있었다. 나는 왜 꼭 누군가를 변화시켜야만 의미 있다고 생각했을까. 어떤 존재는 변화하지 않아서 더 의미 있다. 더 좋은 사람이 되어야 한다거나, 이쯤에선 철이 들어야 한다는 생각을 하지 않아도 괜찮은 시간이 있는 것이다. 변함없이 개구지도록, 변함없이 철없도록, 순진하지는 않지만 순수한 마음을 변함없이 간직하도록 지금은 잠깐 얼음. 내 앞에서 쫑알쫑알 자기 얘기를 하는 아이들의 표정을 단단하게 얼려서 지켜 주고 싶은 시간을 보냈다.

내가 만난 열여섯의 아이들과 그때 교단에 선 스물다섯의 나와 지금 또 내일을 걱정하고 있는 30대 초반의 나. 우리가 틀린 삶을 살아오지는 않았다고 생각한다. 언제나 내일이 불투명해서 고민이었지.

생수를 그냥 얼리면 불투명한 얼음이 된다. 하지만 물을 팔팔 끓여서 기포를 없애고 얼리면 투명한 얼음이 된다고 한다. 불투명한 얼음이면 어떻냐고 속 편히 생각하는 사람이 될 수 있다면 가장 좋겠지만 내가 그럴 수 없는 사람이라면, 내가 가장 원하는 게 투명한 앞날이라면, 지금의 시행착오는 주전자 속에서 물이 보글보글 끓는 과정일 것이다. 언젠가 투명한 얼음을 얻을 수도 있고 그렇지 못할 수도 있지만 그래도 팔팔 끓여 보는 것이다. 지키고 싶은 순간을 꽁꽁 얼려서 오래도록 간직하겠다는 다짐을 품고. 내가 기대하는 투명한 내일이란 어쩌면 그런 걸지도 모르겠다.

모든 요일을
좋아하는
마음으로

2

1퍼센트의 행복으로도
우리는 진짜 행복한 사람 ____

어떤 사람들은 만남과 동시에 이미 헤어짐의 아쉬움이 든다. 만났을 때 반가움과 애틋함이 한번에 겹쳐서 마음에 훅 들어오는 것이다. 어제는 그런 마음이 드는 대학 친구들을 만났다. 대학에 다닐 때는 매일, 졸업하고 나서도 한두 달에 한 번은 꼭 만나고 생일이면 함께 모여 축하를 했는데 이제는 그마저도 어려운 일이 되었다. 이 무리는 나까지 다섯 명인데, 서울살이가 조금 외로웠는지 졸업하고서는 한 친구만 빼고 다들 다시 지방에 자리를 잡았다. 그래서 자주 보기가 더 힘들어졌다. 왔다 갔다 하면 주말이 꼬박 드니까 한번 서울 나들이를 하려면 큰마음을 먹어야 한다. 숙박은 필수.

어제는 에어비앤비를 빌렸다. 친구들이 다 모이면 꼭 하는 일이 있다. 바로 단체사진 찍기. 만나기 힘드니까 이 순간을 사진으로 남겨 기억하고 싶은 것이다. 순서가 중요한데, 밥이나 술을 먹는 것보다 사진을 찍는 게 먼저다. 메신저 프로필 사진이나 SNS의 최신 게시물로 업로드될 가능성이 농후하기 때문에 가장 멀쩡할 때의 사진이 필요하다. 누구는 편한 옷으로 갈아입기 전에, 누구는 화장을 지우기 전에, 누구는 렌즈를 빼기 전에, 누구는 머리가 망가지기 전에. 어제는 한 친구가 셀카봉을 가져왔다. 유난히 팔이 긴 내가 언제나 촬영 담당이다. 셀카봉을 들고 여러 번 셔터를 눌렀다. 하나, 둘, 셋, 찰칵.

찍은 사진을 확인하는데 휴대폰 기본 카메라로 찍었다고 친구들에게 핀잔을 들었다. 한 친구가 카메라 어플을 켜서 나에게 내밀었다. 다시 한 번 하나, 둘, 셋, 찰칵. 찍은 사진을 봤더니 피부가 밝아지고 눈이 커졌다. 앵두 같은 입술이 되었다. 친구들은 그제야 만족한 듯 계속 만지작거리던 휴대폰을 식탁에 내려놓았다. 그러고는 "할 일 다 했으니 우리 이제 본격적으로 달려 볼까" 한다.

편한 옷으로 갈아입고 온 친구에게 말했다. "어플로 찍은 사진을 봤는데 아무래도 우리가 아닌 것 같아." 그러고는 서로를 바라보며 민망한 듯 웃었다. "우리라고 하기에는 좀 더 예쁘고 잘생기지 않았어? 내 사진이라고 SNS에 올리면 양심에 너무 찔릴 것 같은데." 그때 한 친구가 말했다.

"넌 오렌지 주스 얘기도 모르니? 오렌지 주스에 오렌지가 몇 퍼센트 첨가됐어?"

"글쎄. 한 10퍼센트 들어가지 않았을까?"

"그거보다 훨씬 적어. 그래도 사람들이 오렌지 주스라고 하잖아. 오렌지가 1퍼센트만 첨가됐어도 오렌지 주스는 오렌지 주스야. 이 사진엔 우리가 적어도 90퍼센트는 있어. 이거 보면 너인지 다 알아봐. 우리가 조금이라도 들어 있으면 그건 우리 사진인 거야. 걱정하지 말고 의심도 하지 말고 당당해져야 해."

뭔가 논리적인 듯하면서도 말이 안 되는 친구의 이야기를 듣고 한참을 웃었다. 그래, 이건 누가 봐도 우리 사진이지. 오렌지가 1퍼센트만 들어가도 오렌지 주스가 맞으니까. 친구들과 이런 농담을 나누며 웃고 있으니 다시 대학 시절로 돌아간 것처럼 즐거웠다. 나도 모르게 행복하다는 말이 튀어나왔다.

그건 진심이었다. 오랜만에 다 같이 보니까 정말 행복했다. 요즘 불확실한 하루하루를 보내면서 행복이라는 감정에서 많이 멀어져 있었다. 순간순간 즐거운 일이 있어도, 웃는 일을 겪어도 내 일상의 전체 기조가 '불안'이었기 때문에 분명히 존재하는 작은 행복을 받아들이지 않으려고 했다. '내가 지금 행복하다고 말해도 돼?' '취업하기 전에 즐거울 일이 뭐 있겠어?' 같은 말을 무의식 속에 계속 되뇌며 지낸 기분이 들었다. 작은 행복이 찾아와도 최종 목표가 이뤄지기 전에는 그 행복을 나에게 허락하지 않겠다는 다짐이라도 한 것처럼.

생각해 보면 불행하다고 느꼈던 순간만큼이나 기분 좋았던 기억이 많았다. 며칠 전엔 날씨가 너무 좋아서 행복했는데. 집 근처에 언제든 갈 수 있는 도서관이 있어서 참 다행이라고 생각했는데. 노트북이 고장 난 나에게 안 쓰는 노트북을 빌려 준 친구가 정말 고마웠는데. 생각 없이 응모한 영화 시사회 이벤트에 당첨돼서 공짜 영화를 봤다고 좋아했는데. 지하철 계단에서 할머니 짐을 들어 드렸더니 "앞으로 하는 일 모두 잘 풀릴 거예요"라고 말해 주셔서 마음이 든든했는데.

"얘들아. 나 시간 많으니까 내 하루 다 가져가."

주말이 끝나 가는 일요일 밤. 주말이 하루만 더 있었으면 좋겠다는 친구들의 메시지에 답장을 보냈다. 어제 오렌지 주스 얘기를 했던 친구에게서 따로 기프티콘과 함께 응원의 메시지가 왔다. 어제 나한테 장난을 너무 많이 친 것 같아서 미안하다고. 그리고 언제나 응원하고 있으니까 기죽지 말라고. 사람이 꼭 행복해야 한다고 생각하진 않지만, 내가 행복을 원한다면 행복을 포기하지 말라는 말도 함께.

아까 집에 오는 길에 편의점에 들러 오렌지 주스를 사 왔다. 오렌지 농축액이 6.77퍼센트 함량. 맞다. 오렌지가 아주 조금만 들어 있어도 분명히 오렌지 주스인 것처럼, 오늘 하루 동안 행복한 일이 하나라도 있었다면 행복했던 거라고 생각하며 주말 내내 함께했던 친구들의 사진을 바라봤다. 이건 100퍼센트 우리는 아니지만 90퍼센트 정도의 우리 사진. 그러니까 100퍼센트는 아니지만 언제나 변함없이 진짜인 우리 사진. 이 사진을 꺼내 볼 때마다 나는 행복을 양보하지도, 포기하지도 말아야겠다고 다짐할 것이다. 불행한 날이 많다고 해서 행복했던 순간이 사라지는 것은 아니다. 1퍼센트의 행복으로도 우리는 진짜 행복한 사람이 될 수 있다.

미신은
잘 믿는 편 _____

나는 미신을 잘 믿는 편이다. 가끔씩은 없는 미신도 만들어서 믿는다. 중요한 시험을 앞뒀을 때면 길 가다 바닥에 떨어진 쓰레기도 줍고, 친구가 갑작스레 부탁하는 일도 보살처럼 모두 오케이를 한다. '덕이 쌓여서 언젠가는 나에게 다 돌아올 거야. 그래, 지금 화내면 안 되지. 지금까지 열심히 준비한 게 말짱 도루묵이 될지도 몰라.' 이런 생각을 하고 사는 나는 미신을 잘 믿는 편이 아니라 인생을 조금 피곤하게 사는 편이라는 것이 더 정확한 표현일지도 모르겠다.

그런데 이상한 건 결국 결과를 받아들이는 데 있어서는 이런 미신의 영향을 하나도 받지 않는다는 것이다. 시험에 떨어져도 내 실력이 부족했다고 생각하지, 아까 걸어가는 길에 "인상이 참 좋으시네요" 하고 말을 거는 사람을 무시해서 그런가, 전철역 앞에서 아주머니가 나누어 주는 전단지를 안 받아서 그런가 하고 생각하지는 않는다. 그저 당장 눈앞에 커다란 과제가 닥쳤을 때 불안한 마음을 덜어 내기 위해 내 마음이 편해질 수 있는 미신을 만들어 내는 어리숙한 사람일 뿐. 그래서 내 미신은 경험을 통해 '내가 할 수 있음을 확인한 일'로만 구성되는 것 같다.

'흰 블록만 밟고 횡단보도를 건넜으니까 좋은 일이 생길 것 같아' '에스컬레이터에서 걷지도 않고 질서를 잘 지켰으니까 운이 조금씩 내 쪽으로 기울고 있을 거야'와 같은 것은 결국 내가 어떤 결과를 내든 아무 상관없는 일이다. 그저 내가 좋은 기분을 유지할 수 있게 도움을 주는 일일 뿐이다.

언젠가 꼭두새벽부터 일어나 중요한 시험을 보러 가는 날. 할머니는 나보다 더 일찍 일어나서 내 아침밥을 차렸다. 얄궂게도 그날의 아침은 소고기를 잔뜩 넣은 미역국이었다. 시험 보는 날에 미역국이라니. 속으로 뜨끔했지만 그냥 웃고는 맛있게 밥을 다 먹었다. 할머니는 내 맞은편 식탁에 앉아 밥을 먹는 나를 바라봤다.

"요즘 공부하고 시험 보느라 힘들지?"

"그렇지 뭐. 하루에도 수십 번 이런저런 생각이 들어. 잘하고 싶으면서도 하기 싫고, 남들이 부러우면서도 억울하기도 하고."

왠지 할머니 앞에서는 솔직해진다. 여전히 어두컴컴한 아침, 현관을 나서는 나에게 할머니는 얇은 외투를 건네며 옷을 따뜻하게 입고 다녀야 한다고 말했다.

"인생이란 게 그런 거지. 낮엔 덥고 밤엔 추운 것 같아. 햇볕 좋은 여름에서 선선한 가을로 넘어가는 순간들은."

그날의 시험은 붙었나, 떨어졌나. 기억이 나지 않는다. 잊고 싶어서 몽땅 잊어버린 걸지도 모른다. 떨어졌다고 해도 미역국 때문은 아니었다고 생각한다. 내가 어찌할 수 없는 것 말고, 내 노력으로 실천할 수 있는 미신을 그날도 나는 열심히 쌓아 갔을 테니까.

요즘 가장 즐기는 미신은 욕실에 있다. 얼마 전에 친구에게 향이 좋은 면도크림과 샤워젤리를 선물 받았다. 평소에는 마트에서 산 저렴한 셰이빙폼과 보디워시를 쓰다가 중요한 날이면 선물 받은 면도크림과 샤워젤리를 쓴다. 아무도 눈치채지 못하겠지만 내 기분이 좋은 미신. 오늘은 좋은 일이 생길 것 같다는 근거 없는 믿음. 까마귀 고기를 먹었나. 샤워하고 나온 뒤 5분도 지나지 않아 내가 뭐로 씻고 뭘 얼굴에 발랐나 하나도 기억하지 못하지만, 그래도 언제나 좋은 하루를 기대하는 나는 매일매일 그리고 순간순간 미신은 잘 믿는 편.

난 늘 나에게
더 좋은 사람 _____

　　난 늘 나에게 더 좋은 사람이 되고 싶다. 나에게 더
좋은 사람이 되는 방법은 뭘까. 맛있는 음식을 먹는 것. 근사
한 공간에서 시간을 보내는 것. 마음이 충만해지는 여행을 하
는 것. 이 모든 것이 나를 기쁘게 하지만 오랜 시간의 고민 끝
에 내가 찾은 확실한 방법은 내가 좋아하는 사람들이, 내게 소
중한 인연들이 나와 함께, 가끔은 나 덕분에 조금이라도 더 이
세상을 살아가고 싶게 만드는 것이다.

　　정말로 그랬으면 좋겠다. 함께하는 사람들이 포기하고 싶
지만 포기할 수 없다고 여기는 것을 포기하지 않는 일에 힘이
되면 좋겠다. 좌절하고 싶지만 좌절해선 안 된다고 생각하는

것을 좌절하지 않는 일에 힘이 되면 좋겠다. 그럴 수 있다면 참 좋겠다.

　언제나 커다란 산더미만큼 걱정하는 내 모습이 조금 지치고 가끔 밉다고 누군가는 말했지만 나는 언제나 걱정을 한다. 위로를 가볍게 만드는 일에 동조하고 있을까 봐. 응원의 진심에서 무게를 덜어 내는 일에 앞장서고 있을까 봐. 걱정에서 발견할 수 있는 유일한 희망은 더 나은 모습에 대한 기대뿐일지도 모르겠다. 그 기대를 버리지 않기 위해 애쓰는 사람. 언제나 걱정을 하는 나는 늘 나에게 더 좋은 사람이 되고 싶다.

혼자여도
괜찮은

저녁 열 시, 간식을 사서 집에 가는 길. 갑자기 친구에게 술을 마시자고 전화가 왔다. 친구들이 하는 행동 중에서 싫어하고 또 어려워하는 게 몇 가지 있는데 그중 하나는 전화고, 하나는 당일에 갑자기 잡는 약속이다. 그 이유를 곰곰 생각해봤는데 나는 '예정에 없던 일' 앞에서 심하게 무기력해지는 사람이라 그런 것 같다. 예상할 수 없는 일 앞에서는 반가움보다는 걱정이, 즐거움보다는 불안이 먼저 마중을 나간다.

"여보세요?"

"어? 오늘은 웬일로 전화를 받네. 어디야? 지금 보자."

집에 들어가는 길이라고, 오늘은 어렵다는 대답을 했다. 사

목요일은 지나가고

실 전화도 받으려고 받은 게 아니라 휴대폰으로 뭔가 하던 중에 전화가 와서 나도 모르게 통화 버튼을 누른 거였다. 친구가 상처를 받을까 봐 그렇게 말하지는 못했다. 친구는 지금 너무 외로워서 누구라도 꼭 봐야 한다고 떼를 썼다. 이건 병이다. 외로움도 병이다.

한번은 너무 약속이 많아 피곤해하는 친구에게 너는 혼자 있는 시간이 필요한 것 같다고 조언한 적이 있다. 그랬더니 친구가 자기도 안단다. 그런데 혼자 있는 시간이 싫다고, 누구를 만나고 함께 있어야만 마음이 편안해진다고, 혼자 보내는 시간이 의미 있게 흘러가는지 몰라서 불안하다고 말했다. 그리고 덧붙였다. "난 혼자 있으면 우울해져."

주변 사람들은 나에게 혼자서도 시간을 잘 보내는 것 같다고 말한다. 맞다. 나는 혼자서도 잘 노는 편이다. 카페도 잘 가고, 영화도 잘 보고, 서점에 가거나 밥을 먹거나 거리에서 사람들을 구경하는 일도 모두 좋아한다. 혼자를 좋아해서라기보다는 '편해서'가 더 맞는 말일 것이다. 편한 상태를 누리는 것이 나에게는 꽤 중요한 가치니까.

본래의 성격 탓도 크다. 내가 전화를 받지 않을 거라는 걸 알면서도 꿋꿋하게 전화를 거는 친구, 사람들이 괜찮다고 해도 굳이 개인기를 보여 주겠다면서 거리에서 노래를 따라 부르는 친구가 외향인에 가깝다면 나는 내향인으로 타고났다. 대학 시절, 티브이에서 사람의 성격을 다룬 한 다큐멘터리를 본 적이 있다. 심리학자 아이젠크는 "내향적이란 혼자 지내는 걸 좋아하고 조용하며 자기 주장이 강하지 않고 평온한 삶을 선호하는 것"이라고 말했다. 그 설명을 듣는데 '이건 완전 나잖아'라는 생각이 들어서 그때부터 스스로를 내향인이라고 말하고 다녔다.

"누구를 만나면 그 사람과 함께한 추억이 남잖아. 누군가에게 기억이 되잖아. 혼자 있는 나는 어떤 의미를 남길 수 있어?"

친구에게 들은 이 말은 한동안 스스로에게 많이 한 질문이었다. 누구를 만나지 않으면 흘러가는 시간 속에서 아무것도 하지 않고 나태해지는 내 모습이 싫었다. 혼자 먹는 음식, 혼자 떠나는 여행, 혼자 바라보고 귀 기울이고 향기 맡는 모든 것이 덜 중요하다는 생각을 했었다. 누군가에게 기억되지 못하는 혼자의 일상은 의미를 갖지 못하고 사라질까 봐 불안했던 것 같다. 그래서 그렇게도 의미를 부여하고자 노력한 것일지도 모른다. 한동안 나는 유의미한 것을 확보하는 일에 중독되어 있었다. 따지고 보면 혼자 있을 때든 누구와 함께 있을 때든 그 시간이 꼭 의미를 남길 필요는 없지 않을까. 혼자 있을 때 특별한 일을 해야 할 필요는 더더욱 없고. 잘 쉬는 것. 그저 아무 탈 없는 하루를 보내는 것. 잠깐이라도 머리를 비우는 것. 혹은 생각을 하는 것. 잡생각이라도 좋으니 떠오르는 것을 그대로 직면할 줄 아는 것. 좋으면 좋은 대로, 무념무상이면 무념무상인 대로, 불안하면 불안한 대로 '나는 지금 이런 하루를 보내고 있구나' 받아들이는 것. 그런 것을 인정하면서 그렇게 보낸 하루까지 칭찬할 수 있는 사람은 스스로를 좀 더 아끼는 법을 아는 게 아닐까.

얼마 전 이병률 시인의 산문집 《혼자가 혼자에게》를 읽었다. 책을 소개하는 카피가 마음에 머물렀다가 기어코 깊은 홈을 내고 갔다.

"왜 혼자냐고요? 괜찮아서요."

대답은 '괜찮아서요'였다. 그러니 '괜찮아서요'부터 시작해도 좋지 않을까. 억지로 혼자가 될 필요가 있다는 강요가 아니라, 혼자이고 싶지만 두려운 사람이나 혼자여야 함에도 자꾸만 솟아나는 불안 때문에 혼자가 되지 못하는 우리는. '더 좋아서요' '더 의미 있어서요'가 아니라 그저 '괜찮아서요'라고 답할 수 있는 사람. 그거면 충분하다고 말할 수 있는 사람이 되어 앞으로 나에게 주어진 시간을 보내고 싶은 마음이 든다.

　혼자여도 괜찮다는 말을 망설임 없이 할 수 있는 사람은 아직 되지 못했지만, 그래도 조금은 담담한 마음으로 1인분의 시간을 지낼 수 있게 된 건 다음과 같은 장면이 내 기억에 쌓였기 때문이다. 이를테면 영화 〈써니〉의 한 장면. 고독하게 느껴지는 순간마다 나는 이 장면이 떠오른다.

　울고 있는 어린 나미(심은경 분)에게 어른이 된 나미(유호정 분)가 다가온다. 그러고는 천천히 웃으며 어린 나미의 얼굴에 흐르는 눈물을 닦아 준다. 그 장면을 보며 알 수 있었다. 결국 자신을 위로할 수 있는 건 그때의 나, 지금의 나, 그리고 언젠가의 나라는 것을. 그런 생각을 하면 혼자 있는 시간이 조금은 괜찮아진다. 내가 나를 알아주는 시간이라는 생각을 하면.

화병에
얼음 몇 알 _____

　운 좋게 들국화 한 다발을 얻어서 집으로 가져왔다. 싹둑싹둑 가지를 치고 좋아하는 화병에 물을 가득 담아 물속에 들국화를 심었다.

　오늘 아침, 화병의 물을 갈면서 얼음 다섯 알을 퐁퐁 빠뜨렸다. 지난번에 꽃집에 갔을 때 사장님이 생화를 얼음물에 담가 두면 싱싱한 모습을 좀 더 오래 볼 수 있다고 했다. 아침 햇살이 초등학생 아이의 주먹만큼만 들어오는 창가에 화병을 놓고서 얼음이 녹는 속도를 관찰했다. 네모난 얼음의 모서리가 더 둥글어지기 전에 얼른 집을 나서야지 마음먹으며.

　현관을 나서는데 신발장 위에 놓인 테이블 야자가 이파리를 흔들며 인사했다. 작년 생일에 선물 받아 거의 1년 가까이 키우고 있다. 처음 우리 집에 왔을 때의 풍성함은 잃어버렸지만 아직까지 초록빛을 간직한 이파리가 내가 집을 나설 때, 집으로 돌아올 때 살랑살랑 손을 흔든다. 오늘 얼음 몇 알을 띄운 들국화는 이 화분처럼 오래가지는 않겠지. 그 생각을 하니아까 맡았던 은은한 국화향이 다시 코끝에 맴도는 것 같다. 언제까지고 살아 있을 수는 없을 것이다. 뿌리를 내리고 자라는 초목처럼 내 곁에 몇 달이고 몇 년이고 살아서, 어쩌면 나보다 더 오래 살아서 평생 함께할 수는 없겠지.

눅눅한 장마로 꿉꿉해진 날씨에 팔뚝에 끈적한 땀이 흘렀다. 집에 돌아오니 후덥지근한 공기가 몸을 감쌌다. 에어컨을 켜고 방에 냉기가 돌기를 기다리는 몇 분 동안 들국화가 눈앞에 있었다. 얼음 몇 알로 좀 더 오래가는 생기를 머금고 아직까지 활짝.

땀으로 눅눅해진 티셔츠를 벗으며 오늘 내 일상에 얼음 몇 알 퐁퐁 던져 준 사람이 생각나서 금세 기분이 좋아졌다. 이 얼음이, 단단하고 투명한 나의 애정이 얼마나 오래갈지는 모르겠지만.

냉동실 문을 열어 다시 얼음을 꺼냈다. 얼음을 얼리는 건 한동안 내가 성실하게 해낼 하루의 일과. 귀찮음이 없는 설렘. 화병에 얼음을 떨어뜨리며 들국화 꽃잎이 모두 지기 전에 사진을 찍어서 보여 주고 싶다는 생각을 했다. 용기를 좀 더 낸다면 제목도 붙일 것이다. 질문의 문장도 적을 것이다. 내 하루에 얼음 몇 알 퐁퐁 던져 준 사람에게.

얼마나 오래갈지는 모르지만 나도 생기 있는 사람이죠? 우리 사이에서 우리는. 그렇죠?

나도 누군가에게
늘 일방적이기만 할까 봐 ____

　　지난 명절에는 온종일 넷플릭스를 봤다. 영화를 보
면 늘 '누군가를 지키며 살아가는' 사람들이 있다. 마치 '보건
교사 안은영'처럼. 그런 사람들이 멋있으면서도 한편으로는
내가 뭐라고 안타깝다는 생각이 든다. 누군가를 지키거나 지
켜 주는 일은, 그런 관계는 양방향이었으면 좋겠으니까. 왜 누
군가는 항상 구해지고 누군가는 항상 구해 주는지. 상호보완
적인 관계, 서로가 서로에게 필요한 관계를 보고 싶다. 요즘은
나도 누군가에게 늘 일방적이기만 할까 봐 힘이 든다.

　　명절이 끝나고 자취방으로 돌아온 날. 책상 위의 조그만 화

분을 챙겨 옥상으로 올라갔다. 서른한 살 생일에 A가 사 준 행운목. 랜선 친구이던 B가 오프라인 첫 만남을 기념하며 선물한 스투키. 창문으로 빛은 잘 들지 않아도 늘 곁에 초록을 두고 살라며 C가 건네준 몬스테라까지. 앞으로 지키고 싶은 것의 이름을 일기장에 적으며 지금 내가 지킬 수 있는 것을 떠올렸다. 옥상의 햇빛은 공짜. 지켜 주고 싶은 내 마음도 무제한이니까.

구슬
아이스크림 _____

　　오랜 친구한테 구슬 아이스크림을 선물 받았다. 최근 받은 선물 중 가장 좋다. 택배로 온 커다란 아이스박스 속에는 스무 개의 구슬 아이스크림이 빼곡했다. 차곡차곡 냉동실에 넣으면서 '이걸 언제 다 먹지?' 싶었는데 매일 밤마다 까먹지 않고 꺼내 먹는다. 어떤 날은 세 개도 먹었다. 이렇게 즐거울 줄 몰랐는데 하나씩 꺼내 먹을 때마다 행복해진다. 비싼 가격 때문에 많이 사 먹지 못했던 어린 시절의 기억 때문일까. 그러면 안 되는데 하면서도 숟가락 대신 함께 배송 온 플라스틱 스푼을 쓴다. 그 기분이 좋아서 지구한테 미안한 마음이 든다.

스푼으로 구슬을 입 안에 훅 털어 넣고는 어금니로 사각사각 깨물어 먹었다. 구슬이 혀에 닿아 녹기 전에 사각사각. 방금은 술에 취해서 콧바람을 세게 쉬었더니 구슬이 이불에 다다다다 떨어졌다. 새하얀 겨울 이불에 무지갯빛 구슬이 박히는 걸 보면서 좋다고 또 콧바람을 세게 쉬었다. 아까 술자리에서 얼큰하게 취해서는 "내가 너무 재미없는 사람일까 봐 걱정이야"라고 말했다. 내가 재미없는 사람이라는 걸 아니까 친구들은 내 작은 농담에도 크게 웃어 주었다. 그건 슬프지만 고마운 일. 하지만 슬픔보다는 고마움이 서른 배 정도 더 큰 일. 사방으로 흩어진 구슬 아이스크림처럼 셀 수 없는 숫자의 일이어서 나는 안심이 된다.

그녀 양손에
봉지 _____

아마 초등학생 때였을 것이다. 수업이 끝나고 집으로 돌아와 밥을 먹었다. 내일까지 해야 할 숙제가 너무 많아서 나도 모르게 한숨을 쉬었다. 그때는 농도가 짙었지만 지금 보면 귀여운 한숨. 그 시절엔 하루 중 숙제가 가장 큰 짐이었고 숙제를 못 하는 게 가장 큰 걱정이었다. 밥상에 앉아 숙제를 하다가 그만 엎드려 깜빡 잠이 들었다. 밥을 너무 많이 먹어서였는지, 오후의 햇살이 포근하고 따사로워서였는지.

그렇게 한참을 자다가 소스라치게 놀라서 깼다. 숙제를 절반도 하지 못하고 아침을 맞은 걸까 봐 걱정이 되어서 울상이다가, 현관문을 열고 들어오는 엄마의 인기척을 듣고 안심했

목요일은 지나가고

다. 피로감이 가득한 엄마의 얼굴. 엄마에겐 미안한 말이지만 그건 하루의 끝에서만 볼 수 있는 엄마의 표정이니까. 아직 내 일이 되지 않았구나 싶어서 다행이라고 생각했었다.

잠을 자고 일어나도 아직 다 지나가지 않은 밤이 있다고 생각하면, 꼭 내 마음에는 흐릿하지만 끊임없는 별이 하나 뜬 기분이 들었다. 그 밤을 선물해 준 사람이 이제 막 퇴근하는 엄마여서 고마웠고, 양손 가득 시장에 들른 흔적을 담아 오는 사람이라 좋았다. 숙제는 언제 다하지 걱정하면서도 엄마의 양손에서 짐을 받아 함께 봉지를 풀어 보는 그 시간을 포기하지 않았다. 하루치의 행복이었다.

오늘의 설거지,
내일의 행복 _____

　　바쁘고 정신없는 평일 아침. 출근하려고 집을 나서며 현관문을 닫는데 백팩이 현관에 붙어 있던 자석 하나를 건드렸다. 자석으로 붙여 두었던 서류 봉투가 바닥으로 떨어졌다. 서류 봉투에는 지난 몇 년간 모아 온 티켓이 들어 있었다. 어? 어? 어? 하는 사이에 티켓은 사방으로 흩어졌다.

　　잠깐 고민했다. 지금 정리할까, 아니면 이따 퇴근하고 와서 정리할까. 바쁜 출근 시간이라는 걸 고려하면 보통 퇴근 후 정리를 택하겠지만 나는 출근 전에 정리하기로 마음먹었다. 바닥에 떨어진 티켓을 주워 서류 봉투에 담고, 다시 현관문 한가운데에 튼튼한 자석으로 고정시켰다.

정작 중요한 일은 나중으로 잘 미루면서 간단한 일은 나중으로 미루지 못하는 버릇. 지금 안 하면 나중의 내가 불행할까 봐. 불행이라는 말을 쓰면 너무 거창하고 오버 같아서 마음에 들지는 않지만 대체할 수 있는 단어를 찾지 못하겠다.

어젯밤, 늦은 저녁 식사를 마치고 싱크대에는 작은 그릇 두 개가 쌓였다. 내일 아침까지 먹고 나서 한번에 설거지를 할까 고민하다가 수세미에 세제를 푹푹 짰다. '이건 금방 하는 일이니까. 지금 안 하면 내일의 내가 괴로울 테니까'라고 생각하며 서둘러 설거지를 끝냈다.

문득 내가 너무 앞서서 미래의 불행을 걱정하는 건 아닐까 생각했다. 미리 미래의 행복에 안심할 수도 있을 텐데. 어쩌면 이런 생각도 가능하지 않을까? 불행할 내일의 나를 방지하기 위해서 설거지를 하는 게 아니라, 좀 더 행복하고 여유로울 내일의 나를 위해 지금 설거지를 하는 거라고. 이러나저러나 내가 지금 바로 설거지를 한다는 사실은 변함없으니까. 뭐든 의미를 부여하고 보는 사람이라 나도 내가 너무 답답한데, 못 고치는 답답함 중에서 그래도 최선을 찾으면 좋지 않을까?

실수는 한 번으로 끝나야 실수인 건데 어떤 실수는 실수라는 말이 무색하게도 매번 반복한다. 나는 긴장을 하면 말실수를 한다. 말을 할 때면 거의 매번 긴장을 하니까 아무래도 매일 말실수를 달고 산다고 해도 과언이 아니다. 매번 하는 거면 실수가 아닐 텐데. 매번 후회하는 일은 실수이면 안 되는데.

오늘도 말실수를 했다. 뱉어 놓고 아차 했다. 수습하고 없던 일로 되돌리고 싶어서 쓸데없이 이야기를 덧붙일수록 실수가 가득 찬 물컵이 자꾸 엎어졌다. 손수건으로도 부족할 만큼 흥건해졌다. 시원한 바람이 부는데도 손가락 사이에 땀이 차는 기분이 들었다. 이렇게 스스로가 작아지는 날이 생각보다 자주 찾아오는 것 같아서 조금은 속상하다.

학창시절부터 발표하는 것을 별로 좋아하지 않았다. 나는 (시험은 잘 못 보지만) 과제를 정말 열심히 하는 학생이었는데, 그럼에도 발표는 다른 사람한테 미뤘다. 조별 과제를 할 때 열심히 준비하지 않은 조원이 발표를 다 말아먹어도 딱히 나무라지 못했다. 물론 누군가에게 미룰 수 없어 내가 했던 적도 많다. 열심히 준비한 것을 준비한 만큼 다 쏟아 놓고 발표를 끝냈을 때의 만족감은 이루 말할 수 없었지만, 그러면서도 자신감이 더 생기지는 않았다. 대학 시절에도, 취업을 준비할 때도 발표라는 두 글자에 나는 얼마나 젬병이었는지.

언젠가 인터넷 커뮤니티에 떠도는 심리테스트를 읽은 적이 있다. 평소에는 말이 없는데 한번 말을 할 때면 다다다다 매우 빨리 내뱉는 사람은 비밀이나 숨기고 싶은 게 많은 사람이라고. 아마 내가 그런 사람인지도 모르겠다.

한때 직장에서 온라인 커뮤니티를 운영하면서 커뮤니티 구성원과 실제로 만나는 소모임을 진행했었다. 진행자라는 감투를 맡아 쭈뼛쭈뼛 어색해하는 사람들 사이에서 분위기를 띄우려고 애쓰다 보면 나는 꼭 할 말 못 할 말 가리지 않고 내뱉었다. 순간 아차 하는 생각이 들어서 다음부터는 한 번 더 생각하고 말해야지 다짐했지만, 그것만큼 어려운 것도 없었다. 늘 말보다는 글이 편하게 느껴지는 것도 그런 이유 때문일지도 모르겠다. 긴장을 하면 말을 두서없이 하는 게 나의 오랜 습관이었다. 욕을 하거나 남을 헐뜯는 건 아니었지만, 밤에 자려고 침대에 누우면 늘 '아무래도 그 말은 괜히 한 것 같아'라거나 '이렇게 말했으면 참 좋았을 텐데' 하고 후회했다.

예상치 못한 상황에 부딪혔을 때 그 상황에서 도망치기 위해서 아무 말이라도 꺼내 놓고 봤다. 속마음을 드러내야 하는 난처한 질문을 받았을 때나 오래 만난 연인에게 이별을 얘기해야 할 때. 순간의 난처함에서 도망치기 위해 너무 쉽게 상처를 주고 달아나고 모른 척했다. 그 말이 내 진심은 아니었을 테지만 어떤 말은 진심이 아니라도 상처가 되니까. 흉터로 남기도 하니까.

나에게 날아오는 말 중에서 내가 며칠 밤을 끙끙 앓았던 것이 사실은 상대가 아무 의미 없이 내뱉은 단어의 조합이라고 하더라도 나는 참 많이 속상했고 아팠다. 그래서 요즘의 나는 말을 할 때 생각나는 대로 내뱉지 말자고, 어색함을 깨뜨리기 위해 내가 옳다고 믿지 않는 무성한 소문을 우리 사이로 가져오지 말자고 계속 다짐하면서 산다.

천천히, 한 글자 한 글자 소리 내서 읽는 것처럼 마음을 전하고 싶다고, 잠자리에서 이불 안에 가두어 두는 부끄러운 후회를 줄이고 싶다고 생각했는데 이제 한창 30대를 지나고 있는 나는 그 마음을 잘 지키며 살고 있는지 모르겠다. 순간의 난처함에서 도망치기 위해 상처를 주었던 사람들에게 조금이라도 용서를 구하며 살고 있을까.

'우리 언젠가는' 하고 욕심을 부려 본다. 입 밖으로 나오는 소리 하나하나가 정직하게 예쁜 사람. 어떻게 그럴 수가 있나 생각하면서도 그쪽으로 귀를, 마음을 자꾸 내밀게 되는 사람. 마음에 내리꽂는 솔직한 말로 미운 마음이 들었다가도 이내 눈 녹듯이 사라지는 그런 사람이 우리 언젠가는.

구체적이어서
고마웠던 _____

"맞아, 우리 예전에 어디 놀러 갔다가 예쁜 카페에 가서 뭐 마셨잖아"라는 기억도 좋지만, "맞아, 우리 예전에 너네 학교 구경 갔을 때 네가 데자와 한 캔을 뽑아 주었잖아. 그 이후로 한동안 그거만 뽑아 마셨는데"처럼 구체적인 기억이 고마운 순간이 있다. 거기까지 말했을 때 커다란 보름달 아래로 보라색 바람이 불었다. 낙하할 준비를 하던 벚꽃이 힘없이 떨어져 동그라미를 그리던 봄이었다. 구체적인 기억의 기록은 시간이 지나서 조금 촌스러워지기도 하지만, 그 촌스러움만큼 진하게 마음을 긁는다. 손톱에 꾸덕하게 그 이름이 묻었다.

지운다고 해도
사라지지 않을 _____

봄이 부풀어 오르는 4월, 오랜만에 혼자 휴가를 떠났다. 길지도 짧지도 않은 비행 시간을 때우려 휴대폰에 영화 한 편을 담아 왔지만 이내 흥미가 떨어졌다. 우연히 라디오에서 내가 좋아하는 노래가 나오면 설레는 것처럼, 별 기대 없이 고른 영화가 예상외로 재밌기를 기대했는데. 기분 좋은 우연을 만들어 내기엔 애초부터 뭔가를 바라고 기대하는 마음을 크게 품었나 보다.

비행기 안에서 인터넷이 되지 않을 땐 사진첩을 뒤적거렸다. 수천 장의 사진이 담긴 앨범. 휴대폰 메모장도, 사진첩도 꼬박꼬박 정리하는 편인데 어느새 또 이만큼의 사진이 쌓였다. 얼마 전 만난 친구의 휴대폰에는 2만 장이 넘는 사진이 들어 있어서 조금 놀랐다. 살면서 다시 2만 장의 사진을 꺼내 보는 날이 올까 싶었다. 나른하고 조용한 비행기 안. 나는 다시 찾아보지 않을 것 같은 사진을 고르기 시작했다.

손글씨로 옮겨 적은 메모장의 일기.
모두가 다 찍길래 나도 서둘러 찍어 본 어떤 오후의 하늘.
오래 기다린 시간을 보상받으려는 마음으로
주문한 음식이 다 나올 때까지 기다렸다가 찍은 식탁.
모르는 곳으로 가는 길이 담긴 지도 몇 장.
따라 입고 싶었던 누군가의 봄날 옷차림.
친구에게 보여 주려고 캡처했던 우스운 댓글.
보고 싶다는 말에 '나도'라고 답장해 준 게 기뻐서
오래도록 간직하기로 했던 몇몇 대화창.
언젠가 돈이 생기면 사고 싶었던 물건.

찰칵 하는 소리와 함께 그날의 풍경이 스쳐 갔다. 이것저것 많이도 주워 담으며 살았던 것 같다. 골라내고 또 지워도 기억은 계속 쌓인다. 가끔은 사진을 지우는 속도보다 새로운 추억을 만들어 가는 속도가 더 빠른 것은 아닐까 생각한 적도 있다. 추억을 만드는 게 쉬운 일이 아니라는 것을 알면서도 억지로 노력해 온 날. 믹스테이프에 새로운 노래를 덮어 쓰는 것처럼 찰칵찰칵 의미 없는 촬영 버튼을 쉴 새 없이 눌렀던 순간. 물론 개중에 어떤 사진은 자꾸 웃음이 나서 순간의 위로가 되어 주기도 했지만 말이다.

지워 버린다고 해도 크게 상관없을 사진을 정리하면서 다시 보지 않을 것 같은 기억을 생각했다. 그 기억은 아마도 나 스스로 더 좋은 사람이 되기 위해서나, 사랑하는 사이로부터 사랑하는 우리가 되기 위한 과정이었을 것이다. 이제는 지워도, 휴지통까지 말끔하게 비워 내도 담담한 이야기. 지금의 내 모습 어딘가에 옹골지게 들어차 있는 마음. 지운다고 해도 사라지지는 않을 것이다. 그 시간에 흠뻑 빠져서 잠 한숨 자지 않고도 목적지에 닿았다.

잃어버린 게
아니라는 상상 _____

길을 걷다가 바닥에 새것처럼 빳빳한 담뱃갑이 있으면 살며시 다가가 발로 눌러 본다. 대부분 빈 갑일 때가 많지만 열에 한 번쯤은 알맹이가 있을 때도 있다. 그걸 주워서 피우려는 것도 아니면서 괜히 눌러 보는 버릇. 그런 것은 누군가 실수로 놓고 간, 어쩌면 잃어버린 것일지 모른다고. 알맹이가 든 담뱃갑을 줍는 행운은 또 다른 누군가에겐 슬픔이 아닐까 생각했다.

그러다 한 단편소설을 읽었다. 주인공들은 평소에는 피우지 않는 담배를 꼭 술에 취하면 한 개비씩 피웠다. 그런 사람들이 내가 사는 세상에도 있다면. 그래서 기분 좋게 취한 밤,

집에 가는 길에 담배를 한 갑 사서 한 개비씩만 꺼내 사이좋게 나눠 피우고 남은 담배를 남의 눈길을 피해 골목에 고스란히 내려놓고 간다면 그건 모두가 행복한 일.

잃어버린 것에 대해 가끔은 그런 상상을 하고 싶어졌다. 잃어버리지 않았다는 상상. 잃어버린 게 아니라는 상상. 요즘에는 그런 게 좋다.

　　당신은 내가 아직도 자랑스러울까. 나는 여전히 그런 사람이 되지 못할까 봐 걱정이야. 지난 일기장을 정리하다가 예전에도 내가 같은 고민을 했다는 걸 알았어. 사람은 늘 같은 고민을 반복하며 사는 걸까. 그러니까 이건 9년 전의 기록이야.

　　지금도 그렇지만 내가 어릴 때부터 김연수 작가를 엄청 좋아했잖아. 그때 나는 새로 나온 그의 소설을 읽고 있었어. 책을 읽으며 나도 소설가가 되고 싶다는 생각을 했어. 그러고는 이내 포기해 버렸지. 나는 그만큼 잘 쓸 수 없다는 것을 알아서. 잘 쓰는 사람이 세상에는 너무 많으니까.

한번은 광고를 만드는 사람이 되고 싶기도 했어. 또 금방 포기했지. 잘하는 사람이 너무 많으니까. 나는 왜 몰랐을까. 세상에 좋은 이야기를 쓰는 사람이 많다는 사실에 좌절할 필요가 없다는 걸. 나는 한 번도 내가 좋아하는 작가를 이겨야겠다고 생각한 적이 없었는데. 그냥 좋아했고 그냥 행복했는데. 세상에 대단한 사람이 수없이 많이 존재한다면 나는 그들을 보며 좌절하는 게 아니라 그들과 함께 행복해지면 되는 거였어. 가장 앞에 선 사람들은 뛰어넘어야 할 목표 이전에 그저 방향이었어. 어두운 데서 빛나는 길잡이 별이었어.

스물넷의 11월에 나는 이렇게 적었어. 세상이 아름다운 곳인지 확신할 수는 없더라도, 아름다운 것이 가득한 곳인 것은 확실하다고. 그때 이렇게 적어 두어서 정말 다행이야. 이건 나에게 희망이 돼. 자꾸 바라게 돼. 이 희망의 기록이 당신에게도 닿았으면 좋겠어.

_____

난 친절한 게 좋은데 누군가는 그런 친절을 바란 적
없다는 듯 눈을 흘긴다. 아무도 원하지 않는 인사를 건네며 산
다고 생각하면 마음이 쓸쓸하다. 그런데 오늘은 고마운 사람
을 만났다. 초보 운전이라 끼어들기를 못하고 끙끙대는데 옆
차로에서 할아버지가 차창을 내리고 먼저 가라고 손짓했다.
인사를 꾸벅하고 초조한 마음으로 달렸다. 목적지에 도착하
면 일기를 써야겠다, 까먹지 말아야겠다는 생각으로 가득 차서.

지금까지 글을 적으며 단 한 번도 누군가의 영감이나 위로
가 되겠다는 생각을 하지 않았다. 누군가의 동경이나 희망이

되고 싶다는 생각도 하지 않았다. 다만 누군가에겐 최선이 되길 바랐다. 요즘은 바람이 하나 더 늘고 있다. 아무래도 방향이 되고 싶다. 잃어버리고 또다시 찾는 방향이.

수요일의 마음

뭐든 시간이 지나면 웃어넘길 수 있을 거야.
다만 그게 너에게서 중요한 것을 뺏어 가거나
네 가치관을 흔들어서 마음이 어렵다면
그건 시간이 지나도 웃어넘길 수 없을지 몰라.
그러니까 아닌 걸 알면서 그냥 지나가게 두지는 말자.
어느 정도 달리고 나면 꼭 뒤를 돌아봐야 해.
일주일의 절반, 수요일에 나와 하는 약속.

옆에 앉은 사람의
프로필 사진 _____

    친구가 나에게 프로필 사진을 골라 달라고 했다. 매몰차게 떠나간 연인이 우연히 메신저를 보다가 후회와 아쉬움에 빠져들었으면 좋겠다고. 그럴 리 없다고 대답하면서도 하나하나 신중하게 골랐다. 친구는 기껏 고른 사진이 다 별로라고 했다. 이건 이래서 별로고 저건 저래서 별로라고. 결국 자기가 하고 싶은 사진으로 정했다.

    사실 나도 그렇다. 잘 나왔다고 생각해서 바꾼 프로필 사진에 이상하다고 말하는 친구들이 꼭 있다. 그건 각자의 시선이 다르기 때문일 것이다. 각자가 좋아하는 자신의 모습이 있는 것이다. 아무래도 내가 좋아하는 내 모습은 지금은 부족한 내가 되고 싶어 하는 모습일 테고, 친구들이 좋아하는 내 모습은 늘상 보여 주는 편안하고 자연스러운 모습일 것이다. 남이 좋게 보는 내 모습과 내가 좋아하는 내 모습은 다르다. 비단 외모의 영역뿐만 아니라 마음이나 신념도 마찬가지일 것이다.

결국 내가 좋아하는 사진을 고르고야 마는 나는 내가 좋아하는 내 모습을 언제나 꿈꿀 것이다. 우리는 우리가 좋아하는 스스로의 모습을 그리면서 살 것이다.

그러니 나를 보고 누군가 별로라고 한다면 그건 내가 정말 별로여서가 아니라고 생각해도 된다. 내 마음에 드는 나의 프로필 사진처럼 내가 바라보는 내 모습에 대한 확신이 있다면 결국 나는 나 좋은 대로 살아갈 거라는 것을, 다른 욕심은 필요 없다는 것을 잊지 않으면 된다.

목요일은 지나가고

내가 간절히 바라는 건, 애정을 많이 들인 것으로부터 외면당했을 때 내가 그것을 미워하지 않고 적으로 돌리지 않는 것이다. 괜한 자격지심을 가지기 싫은 것이다. 나를 못난 사람으로 폄하하면 안 되니까. 내가 애정을 품었던 것은 내 마음과는 상관없이 언제나 내 주변에 있었다. 변함없이 내 곁에 존재했다. 단지 나에게 무관심했을 뿐이라는 사실을 인정하는 게 슬픈 일일 뿐. 그래서 어쩔 수 없이 섭섭한 마음이 들겠지만 그게 나를 너무 밀어낸다고, 나에게만 너무 가혹한 것 같다고 생각하지 않으려는 다짐이 필요하다.

어릴 때부터 고층 빌딩이 많은 광화문을 좋아했다. 수도권 외곽에서 학창시절을 보낸 나는 이따금씩 광화문 교보문고에 데려다 달라고 삼촌을 조르곤 했다. 광화문 사거리 횡단보도에 서면 눈이 동그래져서 주위를 둘러봤다. 저 멀리 보이는 고궁의 위엄 있는 자태라든지, 티브이에서나 보던 유명한 브랜드의 로고가 달린 크고 높은 건물을 생각하면 가슴이 뛰었다. 고개를 천천히 한 바퀴 돌리고 나면 어느새 신호등의 초록불이 켜졌다. 조급한 마음을 품고 살던 시절이었지만 그건 하나도 지루하지 않은 기다림이었다. 대입이나 취업 같은 인생의 절차가 어떤 의미를 지니는지, 그게 미래의 나를 얼마나 낙담시킬지, 또 그 와중에 알량한 자만심을 느끼게 할지 하나도 알지 못하던 때였다. 그때 내가 광화문에서 느낀 감정은 내 일상과 다른 현실에서 오는 이질감에 대한 경외심이 아니었을까. 낯설고 새로운 것이 거대했으므로, 또 날카롭고 반짝였으므로 느껴지는 동경 같은 것.

대학 시절에는 광화문에 더 자주 갔다. 수업이 끝나면 혼자서 교보문고에 갔다가 근처의 작은 영화관에서 독립영화를 봤다. 언제나 좌석이 반의반도 차지 않는 영화를 보며 종종 울거나 웃었고 가끔씩은 졸았다. 여유 시간이 생기면 카페에서 혼자 시간을 보냈다. 책을 읽거나 일기를 적기도 하고, 때로는 몇 시간이고 앉아서 발표 자료를 만들거나 리포트를 썼다. 그러면서 회사 로비를 드나드는 젊은 회사원들을 바라봤다. 우스운 소리처럼 들리겠지만, 나는 취업 준비생 때 광화문 일대에 있는 회사를 골라 입사지원서를 냈다. 지원 동기를 묻는 자기소개서 문항을 마주할 때마다 이렇게 적고 싶었다. 광화문으로 출근하고 싶다고.

광화문은 내가 처음 가 본 빌딩 숲이었다. 빌딩 숲, 그 말을 싫어하면서도 동경했다. 새로운 숨을 뿜어내는 초록 나무가 가득한 숲은 아니지만, 불만과 피곤을 쏟아 내는 발걸음에서 왠지 모르게 느껴지는 당찬 기운과 활력이 숲과 닮았다고 느껴졌다. 나 역시 멀끔하게 차려입고 그 숲으로 발걸음을 내딛는 상상을 했었다. 그랬던 내가, 어릴 적부터 광화문을 좋아했던 내가, 이제는 광화문을 생각하면 마음에 부쩍 부담이 엉킨다. 꿈이 가득 차 있던 곳이 시간이 지난 후에도 이렇게 꿈으로만 느껴진다면 다신 마주하고 싶지 않은 마음이 든다. 그 거리감이 유난히 생생하게 느껴질 때, 애정이 깊었던 자리에는 상실이 뿌리를 내린다. 그 자리를 새로운 기대나 일상의 만족으로 채워 나갈 수 있다면 좋을 텐데 지금의 나는 힘이 부족한 것 같다. 애정이 깊었던 자리에 상실이 뿌리를 내려도, 그 뿌리를 타고 자라는 기둥에는 포기하기 싫은 내 삶이 차곡차곡 쌓인다면 좋겠다. 뭔가를 동경했던 어린 시절의 기억이 열등감이 아니라 추억이라는 동력이 되어 앞으로의 삶을 굴려 낼 수 있다면. 내 안에서 자라는 기둥의 단면에 만족의 나이테가 겹겹이 자리 잡을 수 있다면. 그게 결국 내가 꿈꾸던 숲의 모양을 찾아갈 수 있다면 좋겠다.

동경하는
사람에게 _____

지난밤 누군가의 사진첩을 훔쳐봤습니다. 그런 적이 있지 않나요. 잘 모르는 사람의 사진첩을 보다가 자야 할 시간을 훌쩍 넘겨 버릴 때. 사진 아래 적힌 짧은 문장에 온 마음을 뺏길 때. 아득한 거리감이 순식간에 줄어들었다가, 다시 눈을 끔뻑 감았다 뜨면 우주만큼 광활한 여백이 그 사람과 나 사이에 빼곡히 차서 슬퍼지는 때가요. 알면서도 지난밤에는 누군가의 사진첩을 훔쳐봤습니다. 별이 가득 담긴 사진이 있었어요.

동경은 위험합니다. 저는 그렇게 생각해요. 애정인 줄 알았다가 동경이었음을 깨닫고 안도했던 날도 있었지만, 보통 동경인 줄 알았다가 애정이었음을 깨닫고 멍해져서 내려야 할 정류장을 지나쳐 버린 적이 더 많았거든요.

지난밤 누군가의 사진첩에서 별이 가득 담긴 사진을 보고, 나도 내 눈에 별을 가득 담고 싶다는 생각을 했습니다. 별이 가득한 곳에 가고 싶다고 생각했어요. 고개를 젖혀 별을 바라보던 순간, 그때 곁에 있던 사람은 억겁의 시간이 지나도 당신이 잊지 못할 텐데. 그런가요. 잊지 못하고 있나요.

열일곱 살 때 처음 천문대에 가 봤어요. 쏟아질 듯 넘치는 별을 머리맡에 두고 잠드는 일이 무서우면서도 설렜습니다. 명멸하는 별을 따라 마음이 콩닥콩닥 뛰었습니다. 그때 함께 별을 바라봤던 친구들이 지금도 곁에 있는 게 가끔은 보석처럼 느껴져요. 고마운 마음이 밤하늘에 별처럼 박혀서 빛나는 것 같기도 해요. 그래서인지 지금도 별이라는 말을 들으면 마음이 설렙니다. 늘 자주 바라보고 싶고 좀 더 선명하게 나에게 다가왔으면 해요.

행복을 소망하는 일도 비슷한 것 같아요. 사진첩에 담긴 빛나는 순간을 행복이라고 생각했지만 그건 그리움이 불러낸 환영일지도 몰라요. 내가 바라는 행복은 내 손에 쥔 카메라에는 찍히지 않는 별 무리. 존재하는 걸 알지만 아득하고, 기대하는 모습과 실제는 다를 수도 있고요. 멈추어 서서 고개를 젖히지 않으면 보이지 않는 거예요. 내 머리 위의 밤하늘은 역시나 보이지 않는 거예요.

누군가의 사진첩을 몰래 훔쳐보고, 그 안에 담긴 별빛을 좇고, 엎질러진 향수에 코를 대고 숨을 깊게 들이쉽니다. 나에겐 보이지 않는 밝기가 있고 나는 맡을 수 없는 향기가 있어요. 이 모든 것으로 귀납적인 행복을 추슬렀지만 늘 훔쳐보기만 했어요. 훔쳐보는 일로는 동경도 애정도 분명해지지가 않았습니다.

오늘은 카메라를 챙겨 듭니다. 늦은 밤 동네 산책을 나섭니다. 골목길엔 꺼지지 않은 담뱃불, 편의점 아이스크림 냉장고에 냉매가 흐르는 소리, 낮에 활짝 폈다가 지금은 잠들어 버린 작은 꽃. 그리고 잠시 멈추어 고개를 젖히면, 하늘은 별 하나 없이 깜깜하지만 찰칵. 언젠가 이 사진 위로 별 무리가 나타날 거예요. 오늘 찍은 사진을 한데 모아 이렇게 이름을 붙입니다.

동경하는 사람에게 전하는 우리가 함께할 수 있는 것 모음집.

다른 사람들도
다 좋아해 _____

겨울날 오후에 내리쬐는 햇볕이 좋다고 말했더니
"그건 너 말고 다른 사람들도 다 좋아해"라는 답이 돌아왔다.
다른 사람들도 다 좋아하는 것이 세상엔 참 많지. 다른 사람
들이 다 좋아하는 사람들도 참 많아. 예전에는 무작정 질투했
는데 이제는 나도 그런 사람을 닮고 싶다는 생각이 더 커졌다.
남들이 다 좋아하는 거 나도 좋아하며 살아가면 충분하니까.

퇴근하고 바로 휴가를 떠나는 길.
그때는 꼭 여름이라서 아직 해가 지기 전이어야 해.
삼겹살을 먹고 난 철판 위의 김치볶음밥도 좋다.

목요일은 지나가고

가끔씩 무서울 만큼 커다랗고 가까운 빨간 해.

또 크리스마스.

주말 내내 엄청 걱정했던 월요일의 맘 편한 퇴근길.

사진첩 속에 차곡차곡 담긴 말간 웃음.

손에 땀이 많은 체질이라 지금까지 핸드크림을 발
라 본 적이 없다. 금세 땀과 크림이 섞이며 여간 찜찜한 기분
이 드는 게 아니다. 그래서 핸드크림을 선물 받으면 엄마나 이
모에게 주곤 했다. 그랬던 내가 요즘엔 꼬박꼬박 핸드크림을
바른다. 좋아하는 향이 생긴 덕분이다. 보통 사람들처럼 손가
락 사이사이로 꼼꼼히 문지르지는 못하고 그나마 땀이 덜 나
는 손등과 손등을 비벼 문지른다. 조금은 불편하고 거추장스
러운 일. 이내 다시 옷에다 미끈거리는 손등을 쓱쓱 닦고 마는
이 낭비 같은 일. 긴박한 출근 시간을 3분이나 잡아먹는 정성
스러운 일.

보드라운 손을 위해서가 아니라 잠깐만이라도 좋은 냄새를 맡고 싶어서 핸드크림을 바를 때면, 그런 마음으로 내 곁에 둔 물건과 사람이 생각난다. 본래의 목적과는 상관없이 곁에 두고 싶었던 것이 많았다. 불편하더라도, 낭비 같더라도 함께 있으면 그들에게서 풍기는 산뜻한 내음에 잠깐 동안 나도 잠겨 있을까 싶어서. 기꺼이 불편함을 감당하고 싶었던 어떤 날의 쓸모 있음. 모두가 아니라고 했지만 나에겐 쓸모 있던 존재가 있었다. 물건도 사람도. 오래가지는 못하더라도.

땀자국 _____

오늘은 정말 더운 날이었다. 체감온도는 43도. 괜히 멋을 낸다고 새로 산 청바지를 입었는데 허벅지와 엉덩이가 땀 때문에 축축해졌다. 해가 너무 뜨거워 모두 숨어 버린 건지 사람들이 아무도 나다니지 않는 골목을 걸으며 셔츠의 허릿단을 흔들어 연신 바람을 만들었다. 땀을 흘리는 내 모습이 싫어서, 옷에 생기는 땀자국이 싫어서 보는 사람이 아무도 없는데도 계속 흔들었다. 내 뒤를 따르는 건 더욱 진하고 짧고 단단해진 그림자뿐인데도.

언젠가부터 더운 여름날 땀을 흘리는 게 부끄러워졌다. 더우니까 흐르기 마련인 땀. 진하고 당연한 농도의 무엇. 그런데 나는 그 땀을 종종 외면하고 싶은 마음이 든다. 땀방울이 지나간 자리, 목덜미에 남는 끈적함이 싫어서만은 아니라는 것을 인정해야겠다.

'열심히 공부 안 하면 더울 때 밖에서 땀 흘리며 일하고, 추울 때 밖에서 오들오들 떨면서 일해야 한다'는 말을 들으며 자랐다. 어정쩡한 위치에 있는 사람들의 그 말에 주눅 들어서 열심히 공부하는 게 최선이라는 생각도 했다. 여름에 땀 흘리는 사람, 겨울에 벌벌 떠는 사람을 무시하는 건 절대 아닌데. 고마우면서 미안한 마음을 가지고 있는데. 존경심과 대단함도 느끼는데. 그런 마음과는 별개로 내 이마에서 땀이 흐르면 부끄러운 마음이 드는 것은 누군가 나에게 걸어 놓은 함정 같은 장난인지. 허전하고 가난한 마음을 모른 척하지 않겠다면서, 가지고 있는 물건으로 누군가를 평가하고 싶지 않다면서 부자가 되었으면 좋겠다고 말하는 건 모순적이라는 생각이 든다. 내가 가진 선의와 모순의 무게가 얼마나 큰 차이가 나는지 아직 모르겠다. 그 차이가 커지면 나는 내가 바랐던 사람이 되는 걸까. 아니면 되지 못하는 걸까.

운동을 할 때나 목욕탕에 가서 뜨거운 탕 속에 앉아 있을 때처럼 땀을 흘려도 좋은 순간에만 땀을 흘릴 수 있는 사람이면 좋겠다. 긴바지를 입었을 때, 좁은 등을 덮는 무거운 가방을 멨을 때, 양손에 든 게 많을 때, 약속에 늦었을 때, 길을 찾지 못해 헤맬 때는 내 몸이 눈치껏 조금만 축축해졌으면 한다. 다시 빠삭하게 말리기까지 시간이 걸리는 것은 내 인생에서 아주 조그만 찝찝함으로 남아 있었으면 싶다. 며칠을 마음 졸였던 면접이 단 몇 분 만에 끝나 버렸을 때 내 속에서 무겁게 누적된 마음의 땀방울도. 떨어질 것 같다는 막막함, 모두 망했다는 자책, 알 수 있는 게 하나도 없다는 막연함이 만든 축축함. 아무도 나를 궁금해하지 않을지도 모른다는 생각에 잠 못 드는 감정의 땀방울까지도.

무더위에 지쳐서 얼른 씻고 싶다는 생각만 간절했는데 카페에 들어와 시원한 에어컨 밑에서 잠시 머물다 보니 미루고 싶은 귀찮음이 커졌다. 에어컨을 세게 틀어 놓은 카페는 손님이 한 명씩 들어올 수 있을 너비로 현관문을 살짝 열어 놓았다. 쇠로 된 손잡이가 뜨겁게 달아올랐기 때문인 것을 그 앞에 앉아 오가는 사람들을 지켜보며 알았다. 이런 낭비 같은 선의, 선의 같은 낭비. 그러니까 너무 뜨겁지 않았으면 좋겠다. 한

줄기 바람을 만나기까지 시간이 오래 걸려도, 바깥에서 좀 더 헤매더라도, 길을 돌고 돌아 목적지에 가고 있는 한낮의 손님이 금세 말릴 수 있는 축축함만이 허락됐으면 좋겠다.

그 여름,
엄마의 식탁 _____

6월의 첫날. 엄마에게 전화가 왔다.

"이제 곧 여름이야. 아니, 벌써 여름이 온 것 같아. 더 더워
지기 전에 고기 먹자. 엄마 집으로 와."

"알겠어. 고기 사 갈까?"

"아니, 고기 많아."

"그럼 과일 사 갈까?"

"아니, 과일도 많아. 몸만 와."

오랜만에 간 엄마 집의 현관문에는 우유 배달 주머니가 걸
려 있었다. 요즘 우유 시켜 먹냐고 물었더니 교회 집사님이 하

는 거라서 신청했단다. 내가 뭐라도 더 사 갔으면 큰일 났을 것처럼 식탁에는 고기도 새우도 가득이었다. 버섯도 과일도 가득. 냉장고를 열었더니 참치 캔과 우유도 가득. 생각보다 잘 지내는 것 같아서 마음이 놓였다.

예전부터 엄마의 식탁을 많이 걱정했다. 선짓국 하나를 먹어도 밖에서 사 먹으면 비싸다고 시장에서 선지를 사 와서 끓여 먹던 엄마였다. 엄마가 시장에서 싸게 샀다고 자랑하는 것이 나는 별로 좋아 보이지 않았다. 이렇게 싸게 파는 거면 하자 있는 거 아니냐고 물으면 엄마는 말했다. "좀 더 깨끗이 씻고 꼼꼼하게 다듬으면 돼."

사실 나는 엄마가 마트에 가서 마트 로고가 박힌 봉지에 장을 보면 좋겠다고 생각했었다. 내가 일일이 챙기지 못하는 미안함을, 사실은 챙기기 싫어 도망치는 마음에 대한 죄책감을 마트 봉지에 떠넘기고 싶었던 것 같다.

그날 나는 엄마가 시장에서 싸게 샀다는 고기가 맛있어서 2인분은 더 먹었다. 엄마가 큼지막하게 자른 수박도 입가에 분홍 국물을 흘려 가며 맛있게 먹었다. 할머니도 양껏 드셨는지 티브이를 보며 조금 쉬다가 이내 꾸벅꾸벅 졸기 시작했다.

나도 할머니 옆에 따라 누웠다.

활짝 열어 놓은 창문 사이로 여름의 소리가 들렸다. 뜨겁게도 우는 매미 소리, 누군가의 이름을 부르는 아이들 소리, 자동차가 좁은 골목을 지나는 소리. 며칠 사이 훅 다가온 열기 속에서 '이제 여름이다' 생각했지만 이제야 진짜 여름이 온 것 같았다.

자랑할 것은 없어도
만족은 있이 _____

"엄마. 나는 내가 형편없이 살게 될까 봐 겁나."

"형편없이? 엄마나 형처럼? 다른 가족들처럼?"

"엄마는 무슨 말을 그렇게 해?"

"그렇게 생각하고 있었잖아."

화도 내지 않고 담담한 목소리로 말하는 엄마를 감당할 자신이 없어서 방으로 들어갔다. 안쓰럽다고 생각하는 것과 조금은 무책임하다고 생각하는 것. 그 두 가지 생각을 합치면 형편없다는 단어의 뜻과 같아지는 걸까. 그렇지 않다고 생각했는데 어쩌면 정말 그랬던 걸지도 몰라서 불을 끄고 이불을 머리끝까지 뒤집어썼다.

일 관두기를 밥 먹듯이 하는 엄마와 형을 무책임하다고 생각했다. 엄마는 말했다. 어떤 일이든 죽어라 버텨야 하는 것은 아니라고. 버틸 수 없겠다는 생각이 들면 그만둬도 괜찮다고. 나는 이제야 그게 어떤 어른이 지금까지 살아올 수 있었던 방법임을 깨닫는다. 못 참겠으면 참지 않을 수밖에. 참을 수 없는 순간이 오면 그만하겠다고 백기를 들 수밖에. 그 순간이 오기 전에 미리 버티지 않으면 안 된다고 스스로를 다그쳐 봤자 남는 건 불안과 걱정뿐인 것 같다. 지금 내가 두려워하는 '형편없는' 삶은 아마도 불안과 걱정으로 가득한 모습일 테니 부유함은 없어도 여유는 있이. 승리감은 없어도 평화는 있이. 자랑할 것은 없어도 만족은 있이. 내 삶에 만족은 있이.

각자의
김밥 _____

　　어릴 때 집에서 가족끼리 김밥을 싸는 시간을 좋아했다. 생각만큼 자주는 아니었지만, 김밥을 마주할 때 왠지 모르게 샘솟는 방향 없는 설렘이 좋았다.

　　"할머니. 나 김밥 먹고 싶다."

　　가끔 내가 말하면 이모는 (자기가 싸 줄 것도 아니면서) 돈 내고 분식집에 가서 사 먹으라 했고, 할머니는 만들어 줄 테니 조금 기다리라고 했다. 할머니가 만드는 김밥은 소박했다. 도톰한 계란에 단무지, 그리고 소시지 한 줄. 속 재료에 비해 밥을 훨씬 많이 넣어서 늘 된장국이나 김치와 함께 먹어야 더 맛있는 밋밋함이 있었지만 나는 그 김밥을 좋아했다. 할머니는 어떤 음식이든 양이 중요했다. 한 끼 먹을 만큼만 하라고 이모들이 매번 말했지만, 이른 나이에 엄마가 되어 홀로 여섯 남매를 키워야 했던 할머니는 언제나 음식을 넘치게 만들었다. 좋은 재료로 만드는 정갈한 한 끼보다는, 부족하다는 생각이 들지 않는 더부룩함이 한 사람의 빈속 안에 고이는 게 더 중요했을 것이다. 그러니 김밥도 마찬가지. 식구들이 저녁 식사를 마친 뒤에도 할머니는 부지런히 김밥을 말아 식탁에 김밥 탑을 쌓았고, 나는 거실에서 티브이를 보는 사이사이마다 부지런히 주방을 오가며 김밥을 하나씩 주워 먹었다. 시간이 지날수록 밥알이 딱딱하게 말라 입에 넣고 더 오랜 시간을 꼭꼭 씹어야 했던 그 김밥을 참 좋아했다.

언젠가 일기장에 새해 다짐으로 '김밥파티'를 적은 적이 있다. 그리고 얼마 전에 그 소원을 이뤘다. 친구들과 숙소를 빌려 김밥파티를 한 것이다. 서울 시내 변두리 어딘가로 떠난 우리의 소풍. 각자 좋아하는 재료를 가지고 와서 김밥을 말았다. 재료가 크게 다르지는 않았지만 다 만들고 보니 그 모양이 하나같이 달랐다. 어쩐지 서로를 닮은 듯한 기분이 들어 김밥마저 정말 우리답다고, 민망한 줄도 모르고 조용한 주택가 골목

안에 고소한 웃음소리를 흩뿌렸다.

가족처럼 가까워진 친구들이 있다. 어떤 우정에서는 가족에게 느끼는 감정이 고스란히 묻어난다. 오후 네 시부터 다음 날 새벽 네 시까지 이어진 술자리. 김밥이 종류별로 놓인 식탁에서 열두 시간 동안 따뜻한 감정만이 오갔다고는 말하지 못하겠다. 가끔씩 얄밉기도, 질투가 나기도, 아무리 내 감정을 설명해도 결국 너희는 날 이해하지 못할 거라고 낙담하기도, 지금 네 고민은 어린애 같다고 쉽게 단정하기도 했다. 이런 감정은 아마 앞으로도 계속 이어지겠지. 하지만 앞으로도 변함없이 '기쁘다'는 상대의 말에 함께 기뻐지는 사람이었으면, '슬프다'는 상대의 말에 덩달아 슬퍼지는 사람이었으면 좋겠다. 비교하지 않고 불평하지 않고, "나는 내 인생을 잘 살아 볼게. 그 인생 안에 존재해 주어서 고마워"라고 말할 수 있는 사람이었으면 싶다.

한 친구가 내가 만든 김밥을 먹으며 밥알을 너무 꽁꽁 뭉쳤다고 했는데, 내 마음과 닮은 김밥에 모두가 체하지 않기를 바랐다. 함께하는 순간을 빈틈없이 채우고 싶어 밥알을 골고루 펴 누르고 커다란 양손으로 꾹꾹 집었던 그런 마음을.

무채색
하루에
색색의
미소를

3

한숨
푹 자고 나면 _____

갈 곳을 잃어버린 뒤 무작정 높은 곳을 찾아 떠났습니다. 그 추운 날 설악행 버스를 잡아탔어요. 해도 뜨지 않은 캄캄한 새벽, 기사님이 말하대요. "푹 주무세요. 휴게소 도착하면 깨워 드릴 테니 걱정은 하지 마시고요." 그 말만 믿고 좌석에 누룽지처럼 붙어 세상모르게 진득한 잠을 잤습니다.

그때의 기억이 남아서인지 저도 누군가에게 먼 곳으로 떠났다가 다시 돌아오는 버스의 기사가 되고 싶더라고요. "내일의 출근, 미뤄 둔 현실 같은 걸 생각하면 막막하겠지만요. 그래도 지금은 푹 주무세요. 도착하면 깨워 드리겠습니다" 하고 말할 수 있는, 그때의 나에게는 꽤 은인 같았던 그런 사람이요.

오늘은 머리를
감지 않았어 _____

지구 같은 사람을 만났다. 나보다 커다란 존재라는 걸 알지만 지켜 주고 싶은, 내 마음과 관심이 병이 되진 않을까 걱정이 드는 사람이었다. 그런 지구를 햇빛이 잘 들지 않는 내 작은 방에 데려오는 건 쉽지 않았다. 내가 좋아하는 것을, 내가 쌓아 온 취향을 보여 주고 싶었지만 큰 용기가 필요한 일이었다. 사람은 내가 갖지 못한 것을 가진 사람, 그게 너무 익숙해서 자신이 충분한 것을 가졌다는 사실조차 모르는 사람에게 하릴없이 끌리는 법일까.

식물을 좋아하는 지구는 자주 식물을 샀다. 이런 것도 집 안에서 키울 수가 있구나 싶은 것을 사서는 하나씩 이름을 설명했다. 우리 집보다 세 배는 컸던 지구의 집은 작은 수목원 같았다. 언젠가 지구가 분갈이를 했다며 거실 사진을 찍어서 보여 주었다. 불을 켜지 않아도 환한 한낮의 공간이, 하얀 벽과 초록 기둥이 얼마나 마음을 뭉클하게 했는지. 햇빛이 들지 않아 어두운 내 방 창가에도, 내 축축한 마음에도 낮은 조도의 스탠드가 딸깍하고 켜진 기분이었다.

내가 지구의 집에 간 건 세 번. 우리가 얼굴을 본 마지막 날, 그러니까 세 번째 방문에서 앞으로 다시는 지구를 보지 못할 거라고 예상할 수는 없었다. 침대에 누워 머리카락을 쓰다듬으려는 내게 지구는 안 된다고 말했다.

"오늘은 머리를 감지 않았어."

지구가 머리를 감지 않고 나를 만났을 때, 나는 그게 좋아하는 마음이라고 믿었다. 꾸미지 않은 모습으로 누군가를 만나는 건 상대도 나를 있는 그대로 좋아해 주길 바라는 마음, 그리고 분명히 그럴 거라는 당당한 믿음이라고 생각했다. 나는 그럴 수가 없는 사람이라서. 누군가 갑자기 집에 온다고 하면 얼른 씻고 이부자리를 정리하는 사람이니까.

나는 지구가 잘 때 어떤 옷을 입고 자는지도 알았다. 높이 뜬 해가 옆 동네 아파트 단지로 슬금슬금 숨기 시작하는 늦은 오후, 집에 찾아간 나에게 지구는 부스스한 모습으로 현관문을 열어 주었다. 초인종을 누르는 누군가를 잠옷 바람으로 맞이한다는 건 얼마나 큰 사랑의 모습일까. 나는 늘 생각했다.

지구가 두 눈을 반짝이며 설명했던 식물의 이름을 하나쯤은 기억해 두었으면 좋았을 텐데. 거실을 가득 채운 화분의 이름표를 좀 더 섬세하게 관찰했다면 안부 인사쯤은 전할 수 있지 않았을까. 그때 내 키만 했던 거, 그 커다란 애는 이름이 뭐였더라? 아직 죽지 않고 지구를 잘 지키고 있어?

나는 말이지. 지금은 힘들고 어렵지만 괜찮아질 거라고 생각해. 햇빛이 잘 들지 않는 작은 방에서 내가 누군가를 사랑했던 일. 열렬하고 가득하게 좋아했던 일. 내가 읽었던 책. 밑줄 그은 색연필. 내일의 꿈을 생각하며 희망을 품고 덮었던 이불. 눈물이 몇 번 묻었던 베개. 좋아하는 지구의 사진. 수개월째 죽지 않은 작은 야자수. 어제 먼지를 훔친 책장. 이 작은 방에서 일어난 모든 것이 변함없이 소중하게 생각돼서. 이렇게 조그만 내가 이렇게 조그만 방에서 꾸는 꿈속에서 여전히 지구를 지킨다. 그러니까 나는 괜찮아.

당연히 필요했던
온기 _____

며칠 전, 말복이라고 닭볶음탕을 끓여 준대서 할머니 집에 놀러 갔다. 이미 열흘이나 지난 8월의 어느 날. 여름 날씨는 더 이상 뜨거워질 수 없다는 듯이 한껏 뜨거워져 있었다. 그런데 어버이날 이후로 석 달 만에 찾아간 할머니 집에서 나는 조금 놀랐다. 오늘에서야 거실의 에어컨 커버를 벗겼다니. 할머니는 올여름 들어 처음으로 에어컨을 켜는 거라며, 거실에 있는 선풍기 두 대로 이 말도 안 되는 여름을 나고 있었다고 했다.

"할머니. 드라마 볼 때 안 더웠어? 이렇게 뜨거운데 닭볶음탕을 한 솥 가득 끓였어?"

마주 보는 창문을 다 열고 선풍기를 틀어 놓으면 그럭저럭 견딜 만하다는 답이 돌아왔다. 아직 집에 냉기가 차지 않아서 푹 끓인 닭볶음탕을 떠먹기만 하는 것에도 지친 나는 식탁에 앉아 냉수만 몇 컵을 연달아 마셨다. 가족들은 자꾸만 밖으로 나돌고, 나도 독립을 해서 이렇게 몇 달에 한 번이나 가끔씩 얼굴을 비추는 터라 늘 혼자서 빈집을 지키는 할머니는 더운 날에도 에어컨을 켜지 않는 사람이 되었다. 할머니랑 나는 이런 게 닮았다. 자꾸 연민이 가는 답답한 모습.

다시 지구의 이야기다. 지구가 우리 집에 놀러 왔을 때 추운 걸 정말 못 견딘다고 해서 바로 보일러를 켰다. 막 봄이 시작되는 3월이었다. 나는 겨울에도 보일러를 잘 켜지 않았다. 이 정도 쌀쌀함은 견딜 만하다고 생각했다. 깊은 겨울밤에는 방 안을 채운 공기의 쌀쌀한 온도 때문에 가끔씩 새벽에 깨곤 했다. 어둠이 눈에 익을 때쯤 다시 두꺼운 이불 속으로 들어가 다리를 웅크리면 몸과 몸이 닿는 곳에서 느껴지는 온기가 좋았다. 그 온기에 기대 금세 다시 잠이 들었다.

그런데 지구는 늘 잠이 부족해 피곤하다고 했으니까 잠깐이라도 깨지 않았으면 했다. 잠시의 틈도 없이 푹 잠들었으면 해서 보일러를 켜고 침대에 누웠다. 잘 잤냐고 묻는 내 말에 꿈도 꾸지 않고 푹 잤다고 대답했다.

아침에 서둘러 출근하면서 보일러 끄는 것을 깜빡했다. 한 번 깜빡한 일이 어느새 일주일이 지났다. 포근한 봄이 성큼성큼 내 앞으로 다가온 후에야 깨달았다. 한겨울에도 보일러를 켜지 않고 살았으면서 봄의 초입에서 방 안에 가득해진 온기를 실감하지 못했다.

오늘 아침 보일러를 끄면서 '이번 달에는 가스 요금이 좀 더 나오겠네'라고 생각했다. 어쩌면 이건 너무나 당연한 일. 겨울에 온기가 필요한 건 누구에게나 당연한 일이다. 아직까지 방 안에 미지근하게 남아 있는 후더움은 추위를 많이 타는 지구가 하룻밤 쉬고 가며 두고 간 온기가 아니라, 한겨울을 보내는 나를 위해 반드시 필요했던 온기였을지도 모른다는 생각이 들었다. 따뜻한 품을 내어 주었던 지구는 지금 곁에 없지만 나는 이곳에 있으니까. 내 방 조그만 침대 위에 계속 있으니까.

살면서 'I love myself'를 실천하는 건 정말 쉽지 않다. 남에게는 당연한 것이 스스로에게는 베풀기 어려워지는 순간이면 나를 길러 낸 이들의 손길을 생각한다. 자신보다 남을 더 사랑하고 아끼는 사람들 손에 자란 것도 그 이유가 될까 싶어서.

안심을 위한
증명서 _____

자려고 누웠는데 할머니에게 전화가 왔다. 밤 열한 시가 넘었는데 저녁밥은 먹었냐고 물었다. 그러고는 건강 조심하라는 말. 건강하게 잘 살고 있으면 언젠가는 집도 생기고, 차도 사고, 사람들 살아가는 모양대로 살게 된다고 했다. 할머니는 내 머릿속을 들여다보는 걸까. 오랜 날을 아등바등 살아온 사람이 나를 보고는 아등바등 살지 않아도 괜찮다고 한다. 코딱지만 한 방 보일러도 팡팡 틀고 자고, 추우면 새 옷도 사 입고, 용돈 줄 테니까 돈 아끼지 말고 먹고 싶은 거 다 사 먹으라고 한다. 내일이 두려워지지 않는, 그런 응원을 해 준다.

할머니는 전화를 걸어 늘 나의 상태를 염려하는데, 가끔 나는 '사람의 상태'라는 게 주민센터에서 발급받는 서류처럼 간편히 증명할 수 있는 일이라면 좋겠다고 생각한다. 할머니 것도 떼고, 엄마 것도 떼고, 내 것도 떼고, 곁에 있는 사람들의 것을 모두 떼서 서로 나눠 가지며 안심하고 또 안심시키며 살고 싶다고.

빨간 약

어릴 때는 몸이 아픈 것과 마음이 아픈 것 중에서 언제나 마음이 아픈 쪽을 골랐다. 몸이 아픈 건 내가 어떻게 할 수 없지만, 마음이 아픈 건 내 노력으로 해결할 수 있다고 생각했다. 겉으로 티 나지 않는 상처가 더 낫다고 여겼다. 속은 보이지 않으니까 몸이 건강하고 멀쩡해 보이는 사람이 되는 것이 중요하다고 생각했다.

그런데 요즘은 자꾸 반대가 되어 간다. 몸살은 하루 이틀, 길면 며칠 밤만 앓아누우면 그래도 낫는데, 마음에 파고든 무기력함은 도통 어떻게 해야 할지를 모르겠다. 상처가 나서 피가 나면 약국에 가야 할지, 병원에 가서 진찰을 받아야 할지

단번에 알겠는데 마음이 아픈 일은 가늠하기 어렵다. 혼자서도 해결할 수 있는지, 누군가에게 털어놓기만 하면 되는지, 병원에 가야 하는지를 모르겠는 것이다. 무엇보다 남들도 다 이정도의 아픔은 견디고 사는 걸까 봐, 내가 또 유난스럽고 약한 걸까 봐 더욱 결정을 내리지 못한다.

마음이 아픈 순간은 다양한 모양으로 찾아온다. 연인이나 친구, 가족 같은 소중한 사람과의 관계에서도 찾아오고, 끊임없이 경쟁하고 성취해야 하는 환경 속에서도 찾아오고, 반복되는 좌절과 무기력함과 함께 찾아오기도 한다.

요즘 마음이 아픈 것 같아서(안 아픈 순간이 있긴 했을까) 어제는 치팅데이를 가졌다. 다이어트 중인 건 아니고, 그동안 나름 빡빡하게 유지해 왔던 할 일 목록에서 잠시 빠져나와 좋아하는 영화를 보기로 한 것이다. 나는 마음이 아플 때, 무기력해지거나 도망가고 싶을 때 영화나 책을 통해서 많은 위로를 얻는다. 그럴 때 보는 작품은 보통 스토리가 비슷하다. 새로운 환경에 처한 주인공이 시련 속에 좌절하다가 다시 기회를 얻고, 주인공 찬스를 받아 멋진 성취를 이룬다. 그 과정에서 자신의 신념이나 소중한 관계를 잃는 일이 반복된다. 하지만 주인공은 결국 자기다움을 되찾고 자신에게 주어진 길을 당당하고 자신 있게 걸어간다. 이 영화도 벌써 몇 번째 보는지 모르겠지만, 두 시간이 지나고 나니 언제나처럼 마음에 새로운 감격이 차올랐다.

누군가는 영화나 책에서 위로를 얻는 게 비현실적이고 허황된 거라고 말할지도 모른다. 지금은 눈앞에 존재하지만 언젠가는 뽀그르르 사라질 거품 같은 가상의 이야기. 하지만 꾸며진 이야기라고 하더라도 그 이야기를 만들어 내는 사람들은 존재하니까. 세상에 실제로 살아 있는 사람들이 만드는 이야기는 언제나 의미 있다. 상상을 현실에 내놓기 위한 노력은 가치 있다.

누구나 마음이 아픈 순간이 있다. 내 주변 사람들도 자주 그렇다. 언젠가 반복되는 좌절 앞에서 죽고 싶다고 말하는 친구를 꼭 안아 주지 못했다. 무슨 말을 해야 할지 몰랐다. 그러면서도 나의 뜨뜻미지근한 반응 때문에 그 친구가 더 살기 싫어지는 건 아닐까 걱정됐다. 그럴 때면 늘 '내가 너에게 영화 같은 사람이면 좋을 텐데' 하는 마음을 먹었다. 책 같은 사람이면, 노래 같은 사람이면 좋을 텐데. 보면서 힘을 얻은 영화를, 내게 위로가 된 책을, 들으면서 마음이 벅차올랐던 노래를

알려 주고 싶다. 제목만으로도 힘이 되었으면 좋겠다는 마음
이 들어서.

　노희경 작가의 드라마 〈꽃보다 아름다워〉를 좋아한다. 제
목을 듣고는 무슨 내용이었지 고개를 갸웃거리는 사람도 극
중에서 이른 나이에 치매에 걸린 엄마(고두심 분)가 가슴에 빨
간약을 바르는 장면은 한 번쯤 본 기억이 날 것이다.

"엄마. 뭐 해…?"

"내가 마음이 아파 가지고… 이거 바르면 괜찮아질 것 같
아서…."

　이 장면을 보면서 할머니랑 엄마랑 얼마나 울었던지. 빨간
약을 바르고 나서 다 잊었으면 좋겠다고 생각했다. 아픈 마음
에도 행복이 솔솔 돋아나길 빌었다. 살다 보면 언젠가 마음에
바르는 빨간약이 나올까. 어쩌면 이름과 모양을 달리해서 이
미 나와 있는지도 모르겠다. 그렇다면 나는 내 마음에게 먼저
빨간약이 될 수 있을까. 세상을 함께 살아가고 싶은 사람들에
게 빨간약을 발라 주는 사람이 될 수 있을까.

목요일은 지나가고

팔레트 _____

물감 다섯 개를 주고 그림을 그려 보라고 했다. 고작 다섯 가지 색깔로 뭘 그릴 수 있겠나 싶어서 무작정 미워하기만 했다. 늘 나에겐 조금만 주어지고, 늘 나는 조금씩 손해 보는 것 같고, 늘 나한테는 충분하지 않은 부족함만 있는 것 같았다. 아등바등해야만 뭔가를 가질 수 있다고 생각했다.

그런 거 아니라고, 이미 많은 것을 가지고 있다고, 충분히 멋있고 행복할 수 있는 사람이라고 말해 주는 사람들도 곁에 있었지만 잠깐 위로가 되었다가 이내 사라지고는 했다. 가짜 같았다. 가짜니까 끝까지 잡고 있어야 하는 희망의 밧줄 같은 것. 그러던 어느 날에 그가 다가왔다.

널브러진 물감을 주워서 팔레트에 짰다. 적당히 그을린 건강한 팔뚝으로 물감을 섞었다. 내 눈에 보이는 사물의 모든 색깔을 만들어 주었다. 당연한 것이 그제야 보였다. 다섯 가지 색깔이면 어떤 색이든 만들 수 있다는 얘기. 만들어 놓은 색을 신나서 홀라당 다 써 버리고 나면 다시 물감을 섞어 주었다. 그러면 비슷하면서도 아까와는 다른 색깔이 팔레트 위에 새롭게 생겼다. 두 번 다시 반복되지 않는 것의 느낌이 좋았다. 용기가 부족한 나는 아마도 이런 사람을 계속 기다리고 있었는지도 모르겠다.

용기가 부족한 나에게 희망을 상상하게 하는 사람. 팔레트에 물감을 짜서 휘휘 저어 주는 사람. 선명한 색상의 덩어리를 붓에 콕 찍어 내 손에 쥐여 주는 사람. 내가 칠하는 게 어떤 모양이든 눈을 찡그리지 않는 사람. 고맙고 사랑하는 사람. 언제까지 내 곁에 있었는지 기억나지 않는 사람. 나를 이만큼 키워 준 사람. 무채색의 탄식에 색색의 미소를 덧칠해 준 사람. 물감 다섯 개로 나를 많이 사랑해 준 사람.

아빠를 생각하면 조그만 팔레트가 생각난다.

얼굴 _____

뭔가를 포기하고 싶을 때

당신의 얼굴이 잠시 스쳐 가는 건 다행입니까.

포기를 포기하게 만드는 미안한 핑계입니까.

나만 우산이
없는 꿈

A가 "요즘 너 만나고 집으로 돌아갈 때면 발걸음이 무거워져. 일요일 밤이 아닌데도 일요일 밤 같은 느낌이 들어"라고 말했을 때, 내가 얼마나 놀랐는지 A는 아마 모를 것이다. 안 그래도 요새 A에게 회사에 대한 불평불만을 많이 털어놓는 것 같아서 속으로 찔렸었는데. 내 나름대로는 많이 거르고 삼키고 있다고 생각했는데 나만의 착각이었나 보다. 소중한 사람에게 일요일 밤 같은 기분을 느끼게 하는 나 자신을 참을 수 없어졌다.

그건 나에게 어릴 때부터 트라우마였다. 맞은편에 앉은 친구의 하품을 나도 모르게 따라 하게 되는 일처럼 늘 걱정하고

목요일은 지나가고

는 했다. "죽는소리 좀 그만해. 너 때문에 나도 죽겠다" "너 때문에 나도 우울해지는 것 같아"라는 말을 듣게 될까 봐.

그런 내가 편한 마음으로 만날 수 있는 한 무리의 사람들이 있다. 마치 생생하고 향긋한 과일 바구니처럼 다정한 친구들. 이 과일 바구니 안에서 나도 새콤달콤한 모습만 보여 주고 싶었는데, 어제는 안 그래야지 하면서도 자꾸 싫은 사람 흉을 보고 지난 시간의 불평불만을 쏟아 냈다. 부정의 말이 쌓여 우리 관계도 부정이 탈까 봐 걱정됐지만 나는 어쩌면 인정받고 싶었던 걸지도 모르겠다. "너만 그런 거 아니야" "그런 얘기 좀 그만해"라는 말보다 내가 겪은 부당한 상황의 서술 앞에서 어떨 땐 상대의 '어이를 상실한 웃음'이, 어떨 땐 '거르지 못하고 나오는 비속어'가, 내가 이상한 사람이 아니라고 얘기해 주는 '단호한 시선'이 절실했던 것 같다.

이 만남이 내 일상에 고맙고 뿌듯한 평화로 자리 잡은 이유는 아무래도 선을 지키는 사람들과 함께하기 때문일 것이다. 자기 이야기만을 털어놓고 타인에게 귀 기울이지 않거나, 자기의 감정과 생각만이 중요하다 생각하는 사람들이 아닌 것이다. 사람 만나는 걸 좋아하면서도 한편으로는 또 힘들어하는 내가, '정말로 좋은 사람들을 만나는 동안에는 스트레스를 받지 않는다'는 사실을 알게 되었다. 편안하고 고마운 마음이 들어 힘을 얻는다. 과일 같은 친구들은 서로의 크고 작은 고민을 섣불리 단정하지 않지만, 곰곰 생각한 뒤에 덧붙이는 다정은 잊지 않는다. 그런 인사가, 그런 다정함이 무척 필요했던 거였을까. 오랜만에 만나는 거라 조그만 선물을 챙겨 갔는데 "너는 역시 선물 포장을 참 잘해"라는 칭찬도 들었다. 칭찬 앞에서는 장사 없다지만, 오늘 내가 받은 칭찬은 애정이 담뿍 녹은 칭찬. 내가 정말 좀 더 나은 사람이라고 생각할 수 있게 만들어 주는 칭찬.

문득 나는 하루를 보내며 타인을 얼마나 칭찬하는 사람인지 궁금해졌다. 나는 좋아하는 편지를 적을 때 칭찬의 말을 적는 사람일까. 각자의 고민을 하며 이 계절을 보내는 우리가 작은 위안을 얻었으면 좋겠다고 생각하며 한 명 한 명의 좋은 점을 입 밖으로 꺼내 본 적이 있었을까.

"어제는 그런 꿈을 꿨어. 우리 동네에 홍수가 났는데, 폭우 속에서 나만 우산이 없이 서 있는 꿈."

망고를 닮은 친구가 요즘 꿈을 자주 꾼다며, 엄마에게 했다던 꿈 이야기를 들려줬다. 듣기만 해도 마음이 아파지는 꿈이었다. 나도 이렇게 속상한데 그 꿈 이야기를 들은 망고의 엄마는 한참이나 더 아팠겠지. "그래서 엄마가 뭐래?" 하고 묻지는 못했다.

나 역시 빗속에서 혼자 우산 없이 서 있던 순간이 있었다. 몸이 젖는 건 아무렇지 않았다. 다른 사람들 손에는 다 우산이 있다는 것, 언제나 그런 것이 나에게는 중요했다. 우산을 쓴 사람들이 나를 곁눈질하는 것 같다는 생각에 빠졌을 때가 더 이상 참지 못하고 엄마에게 전화를 건 순간이었다. 하루빨리 집에 돌아가고 싶다고 생각한 순간이었다.

부정의 말을 내뱉으면 부정 탈까 봐 늘 걱정이지만, 망고가 슬픈 꿈을 꿀 때마다 우리를 모아 놓고 꿈 이야기를 들려줬으면 좋겠다. 색색의 과일 바구니 속 우리는 모두 같은 마음일 테니까. 폭우 속에서 우산을 쓰지 않은 한 사람이 있다면 나는 그 곁에서 손에 쥔 우산을 내려놓고 싶다.

음역대를 지키는 하루

      동네에 서점과 카페를 겸하는 매력적인 장소가 있다. 평소에 일이 끝나고 동네에 도착하는 시간은 보통 저녁 여덟 시 이후인데 여기는 열 시면 문을 닫아서 좋아하는 만큼 자주 가지는 못했다. 일기를 쓰거나 잠깐 책을 읽다 보면 한 시간이 너무 빨리 지나가서 좀 더 늦게까지 문을 여는 카페를 찾게 된다. 막상 늦게까지 하는 카페에 가도 끝날 때까지 오래 있지 못하는 성격이라 금방 일어나면서도 그렇다. 하루는 배가 고프다고, 하루는 에어컨 바람이 세다고, 하루는 음악이 내 취향이 아니라고, 하루는 사진이 예쁘게 나오지 않는다고 툴툴거리며 집으로 돌아가고는 했다. 그러면서 이왕 잠깐 있다가 집에 갈 거였으면 좋아하는 카페에 가서 한 시간만이라도 쉬다 갈걸 후회했다.

오랜만에 그곳에 가니 새로운 직원이 있었다. 진동벨이 없어 주문한 음료가 나오면 목소리로 안내해 주는데 새 직원은 목청이 아주 우렁찼다. 서점을 겸하는 카페라 손님도 조용히 대화하고 음악도 잔잔해서 더욱 크게 들렸던 건지도 모른다. 내가 이곳의 직원이었다면 어떻게든 손님의 얼굴을 기억하려고 애쓰느라 고생했을 것 같다. 나는 "주문하신 음료 나왔습니다"라고 외치기까지 마음속으로 수십 번 타이밍을 재고 연습하는 종류의 사람이라서. 아무렇지 않을 수 있는 그런 일이 나는 왜 부끄럽고 주눅 드는지, 왜 많은 용기가 필요한지 모르겠다. 음료를 주문한 누군가에게는 분명히 들려야 하는 목소리라는 걸 알지만 아무도 내 목소리를 듣지 못했으면 좋겠다는 생각이 동시에 든다. 아마도 나는 땀을 뻘뻘 흘리며 손님의 얼굴을 기억하려고 신경을 곤두세울 것이다.

"음료 나오면 내가 받아서 갈게. 너 먼저 자리에 가 있어."

진동벨이 없는 카페에 갈 때면 이렇게 말해 주는 친구들이 있다. 궁금한 게 많아서 어슬렁어슬렁 이곳저곳 기웃거리는 사람. 준비하는 사람도, 기다리는 사람도 모두 부담 없는 적당한 시간을 보낼 줄 아는 사람. 나는 그런 사람의 표정을 바라보며 대화하는 걸 좋아한다. 나 역시 그런 사람이 되고 싶고 닮고 싶다.

음료를 주문하고 나면 적당히 시간을 계산하면서 눈치를 살피는 사람이었으면 좋겠다. 재촉하지도, 그렇다고 아예 관심을 거두지도 않는 사람. 편의점에서 물건을 계산할 때는 잠시 이어폰을 빼고 상대의 말에 귀 기울일 줄 아는 사람. 모든 사람이 세상의 소음 속에서 자신의 음역대를 지키며 살아도 아무도 책망하지 않는, 그런 시절 속에 사는 우리가 되었으면 좋겠다.

"마음이 너무 힘들면 어떻게 해야 돼?"
"그럼 마음이 즐거운 걸 해야지."
얍삽한 마음을 숨긴 바보 같은 내 질문 앞에
친구가 꺼내 놓은 참 정직하고 다정한 대답.
'마음이 즐거운 걸 해야지' 생각하면서
일기장에 마음이 즐거운 일의 목록을 적었다.
가장 지치는 목요일.
해야 할 일의 목록 옆으로 하고 싶은 일의 목록이 겹칠 때
하루를 더 살아 낼 용기가 생기는 것 같아.

다정한
질투 _____

      친구들과 휴가를 맞춰서 온 여행입니다. 건물 옥상에 앉아 강을 바라봅니다. 오늘을 위해 준비된 것만 같은 온도와 세기의 바람을 맞으며 이것들이 희소한 내 도시를 떠올립니다. 살면서 좋은 것을 남들만큼은 겪으며 살고 싶다는 생각이 들었습니다. 사랑하는 사람들에게 좋은 것을 남들만큼은 해주고 싶었습니다. 엄마와 같이 여행 온 사람이나 다정한 연인에게서 느끼는 질투. 언젠가를 생각하며 느끼는 다정한 질투, 따뜻한 질투, 포근한 질투입니다. 내일을 즐겁게 살아가고 싶게 만드는 마음입니다.

같이 살자

"같이 살자."

요즘 친구들에게 가장 많이 하는 말이다. 조금 이상하게 들릴지도 모르겠지만 누군가와 같이 살면 좋겠다는 생각이 자꾸 든다. 드라마나 영화에서 친구들끼리 유쾌하게 잘 사는 모습을 보면서 그 생각이 좀 더 진해졌다. 그래서 조금이라도 마음이 맞는 친구를 만나면 나랑 같이 살 생각이 없냐고 물어봤다. 물론 결혼 생각이 없어 보이는 친구에게만. 근데 친구들에겐 내가 별로인지 쉽게 넘어오지 않는다. 나 역시 농담 반 진담 반으로 하는 말이지만, 절반만큼의 진담에 대해서 아무도 얘기를 이어 가 주지 않아 조금은 슬프다.

내가 사는 세상이 너무 각박하고 삭막하게 느껴질 때마다 안식처를 찾는 거라는 생각을 한다. 집에 돌아왔을 때 나를 맞이하는 어떤 온기와 불규칙한 소음에게 작은 희망을 거는 것이다. 물론 나 역시 가족에게 그 희망이 되어 줄 수 있다면 기쁘고. 내가 아무 말을 하지 않아도 바깥에서 겪은 일이 스르르 녹아내리는 풍경을 상상한다. 겪어 본 것 같기도 하고 아닌 것 같기도 한 장면이 지나간다. 가족이 있다고 해서 나를 괴롭히는 일이 사라지는 건 아니지만, 괜찮지 않은 일이 괜찮아지는 기분이 들 때가 분명히 있다.

명절에 집에 다녀오고서는 본가로 다시 들어가고 싶다고 생각했다. 혼자 사는 것의 장점이 많지만, 얄궂게도 건조한 바람이 불어 사람의 마음을 바짝 말리면 그 장점을 볼 수 없는 순간이 생긴다. 처음 사회생활을 시작했을 때, 뭐가 그리 힘들고 고달팠는지 나도 모르게 집에서 많이 울었다. '나도 모르게'라고 말할 수밖에 없는 게, 할머니가 말하길 내가 잠을 자면서 울었다고 했기 때문이다. 가끔씩 새벽에 자다가 깨면 할머니가 내 다리를 주무르고 있었는데, 내가 우는 소리에 방문을 열어 보고는 그냥 나갈 수가 없어 계속 주물렀단다.

목요일은 지나가고

그런 기억이 요즘 들어 자주 떠오른다. 예전에는 출퇴근 시간이 모두 다른 가족들 때문에 하루에도 식탁을 대여섯 번 차리는 할머니가 답답했고, 방에 들어가서 자라고 해도 꾸역꾸역 졸음을 참으며 소파에 누워 드라마를 보는 엄마도 싫었는데. 어느새 그 모습에 어떻게든 위안을 받아 좀 더 세상을 버텨 보려는 사람이 되었다. 내가 속한 사회에서 멈추기도, 도망가기도, 숨어 버리기도 어려워진 나이. 숙맥이 열 모인다고 해서 무례한 야망가 하나 이겨 낼 수는 없겠지만, 이겨 내지 않아도 괜찮은 상태로 좀 더 지내고 싶은 것이다. 이대로 조금만 더 전진하고 싶어서. 멈추어 설 자신이 없다는 핑계를 이렇게 전해도 괜찮은 건지 모르겠다.

보풀 _____

무례한 사람들 사이에서 도망가고 싶은 날이 이어진다. 살기 싫어진 마음이 새로 산 니트의 보풀처럼 이곳저곳 뭉쳐져 있다. 작고 순박한 손가락으로 등 뒤의 보풀을 하나하나 떼어 주는 건 다른 이의 이름을 기억할 줄 아는 다정한 사람. 무례한 사람들 사이에서 무례해지지 않으려고 노력하는 사람. 살기 싫어진 마음을 다시 차곡차곡 개켜 서랍 속 구석으로 넣어 두게 하는 사람. 그래서 오늘은 좀 더 살고 싶어졌다. 그 마음을 닮아 서로의 보풀을 떼어 주고 싶어서. 그래도 아직까지는 보풀을 떼어 주고 싶어서.

세상의 모든 불친절을
이겨 내는 건 _____

케빈 씨. 잘 지내나요? 집 앞에 있는 카페에 왔는데 주문을 받는 직원의 이름이 케빈인 거 있죠. 그래서 생각이 났어요. 벌써 10년도 더 지났네요. 우리가 같이 카페에서 아르바이트를 했던 때가요. 그때 우리는 서로를 영어 이름으로 불렀는데 당신은 케빈이었죠. 지금도 그 이름을 써요?

그때는 힘들면서도 재밌었어요. 돈을 버는 것도 물론 좋았지만 또래의 친구들과 같이 일하는 게 즐거웠다고 해야 할까요. 세계 각국의 수도를 하나씩 사들이는 부루마불 게임처럼 내 편, 내 사람, 내가 속한 무리를 넓혀 가는 것에만 몰두하던 시기였어요. 아르바이트가 끝나면 동료들과 우르르 술집으로

몰려가는 날이 많았죠. 일해서 번 돈을 술 마시느라 다 써 버린 것 같아요. 그럴 때마다 당신은 우리랑 함께하지 않았어요. 하루의 계획표가 텅텅 비어 있는 우리와는 달리 당신은 늘 다음 일정이 있었거든요. 공부할 게 많다고도 했고, 집에 일찍 가 봐야 한다는 얘기도 했죠. 가끔은 다른 아르바이트를 해야 한다고도 했어요. 그래서 매장 밖에서는 한 번도 당신을 만날 수 없었어요. 우리가 술집에서 서로의 이름을 부를 때, 당신은 언제나 매장 안의 케빈이었어요. 케빈, 오늘은 내가 주문받을게. 케빈, 2층 정리 좀 부탁할게. 케빈, 설거지 좀 먼저 해 줘. 케빈, 케빈, 케빈.

다 지난 일이니까 솔직히 말해도 괜찮아요. 그때 왜 우리랑 거리를 둔 거예요? 아무래도 우리가 너무 계획 없이 살았죠? 하루치의 아르바이트비를 그날 하루 유흥으로 몽땅 바꿔치기하고 매일 돈이 없다 투덜거렸죠. 사실은 저도 돈이 많이 필요했어요. 아르바이트비를 받으면 할 일의 목록을 차곡차곡 쌓았는데 그중에 하나라도 성공했으려나요. 그냥 노는 게 더 좋았어요. 누군가와 어울리고 싶었고 그 무리에서 소외되기 싫었던 게 아닐까 생각해요.

케빈 씨. 저는 요즘 돈이 필요해져서 다시 아르바이트를 시작했어요. 그랬더니 자꾸 시급으로 모든 걸 계산하게 되어요. 보험비는 이틀을 꼬박 여덟 시간씩 일해야 낼 수 있는 돈, 어제의 술값과 택시비는 다섯 시간 치 시급. 친구 녀석이 부른다고 나가지 말고 그냥 집에 있을걸 하는 후회도 따라와요.

확실히, 살아가는 건 자주 힘이 들어요. 그게 뭐가 좋다고 우리는 힘든 경험을 서바이벌 프로그램처럼 겨루고 경쟁할 때가 있네요. 더 힘든 날을 겪으면 더 성숙하고 멋진 내일이 기다리고 있을 거라는 착각을 해요. 그렇지 않은데. 피할 수 있으면 피하고, 미룰 수 있으면 미뤄도 괜찮은데 말이에요. 필연적으로 돈을 벌어야 하는 사람이 되고 나서 분명하게 깨달은 점 하나는 남의 돈을 벌어먹고 사는 일은 정말 힘들다는 거예요. 어쩌면 그래서 살아가는 일이 힘든 걸지도 모르겠어요.

이제 와서 하는 말이지만 케빈 씨랑 일할 때 가장 즐거웠습니다. 마음이 조급해지면 자꾸 짜증을 내는 나를 발견할 때마다 당신을 생각했어요. 당신은 어떻게 그렇게 다정했을까요. 숨 돌릴 틈 없이 주문이 들어와도, 무례한 손님이 얼토당토않은 일로 시비를 걸어도, 우리 사이에 당신에 대한 오해와 억측과 은근한 무시가 맴돌 때도, 한숨도 자지 못한 듯 두 눈이 빨갛게 충혈된 채 누군가의 대타로 출근했을 때도 당신은 늘 친절하고 성실하고 따뜻했습니다.

우리는 모두 힘을 들이며 살고 있는데, 내가 힘들었으니까 그 힘들었던 만큼을 꼭 누군가에게 티 내야만 한다고 생각하는 사람이 있잖아요. 나도 가끔씩 내 힘듦을 누군가 알아줬으면 좋겠다고 생각해요. 하지만 꼭 티 내야만 남들이 알아주는 건 아니겠죠. 당연히 알아줘야 할 이유도 없고요. 티 내는 사람이 될까 걱정될 때마다 당신을 떠올려요.

힘든 하루를 겪고 와서도 나에게 예쁜 말을 해 주는 사람을 만나면 존경심이 들어요. 그 사람이 겪은 하루를 온통 알고 싶으면서도, 그래서 고단했을 그 하루를 나도 애써 토닥여 주고 싶으면서도, 그저 아무 말 없이 가만히 있고는 해요. 지금 이 순간이 너무 소중하다는 생각이 들어서요. 참으면 늘 참아야 하고, 가만히 있으면 바보가 된다는 말이 가끔은 맞을 때가 있어서 속상하지만, 그럼에도 불구하고 다정한 사람들이 나와 함께였으면 좋겠어요. 이 다정함이 세상의 모든 불친절을 이겨 낼 수 있다면, 그 결투에 내 모든 파이팅을 전하고 싶어요.

목요일은 지나가고

이기심 _____

사람은 이기적인 존재라서 사랑을 하는지도 모르겠다. 적어도 나는 그렇다. 이기심이 없었으면 좋겠다고 매일 생각하는 사람.

혼자 있을 때 종종 라면으로 끼니를 때웠다. 언젠가 출근길 아침에는 편의점에서 초코우유를 고르느라 몇 분 동안 고민했다. 같은 가격이니까, 어차피 맛은 비슷할 테니까 이왕이면 크고 저렴한 것을 찾았다. 양이 많고 저렴해서 고른 것의 품질이나 맛이 실제로 떨어지는지는 잘 모르겠다. 초코맛이 좀 더 연하게 느껴지는 건 아무래도 기분 탓이겠지. 최고의 선택이라기보다 차선의 선택이라고 생각하니까 주눅 드는 마음이 생기는 게 아닐까 싶다.

아예 군것질을 안 하면 될 텐데, 불량하게 여러 번 대충 먹지 말고 제대로 한 번 먹으면 될 텐데 또 그건 싫어서, 포기할 것과 포기하지 않을 것을 구분하는 게 지겨워서 내 마음이 편한 대로 하는 것이다. 운동을 안 해서 몸이 아픈 걸 알면서도 혼자 살아서, 제대로 챙겨 먹지 못해서 그렇다고 주변에 핑계를 대는 하루가 쌓여 간다.

어제는 오랜만에 쉬는 평일이었다. 귀찮아서 미룰 대로 미룬 이발을 하고 당신과 백반집에 가서 점심을 먹었다. 메뉴판을 보다가 특선메뉴 하나, 청국장 하나를 시켰다. 아마 나 혼자 갔으면 '오늘의 백반'을 시켰을 것이다. 혼자 있을 때 내 기호가 가장 자유롭게 펼쳐져야 하는 게 맞는데, 혼자 있을 때의 나는 기호 자체를 거두는 것에 익숙하다. 기호를 거두어 버리는 것. 어쩌면 그게 나의 일관된 기호일지도 모르겠다.

특선메뉴는 역시 푸짐하고 맛있었다. 오랜만에 먹은 청국장도 괜찮았다. 메뉴판에 인기순으로 정렬된 열댓 개의 음식 중에서 좀 더 끌리는 걸 고르는 것은 지금 당장 내가 취할 수 있는 행복이다. 시간이 지나고 나면 잘했다는 생각이 드는데 그 당시에는 오래 고민하게 되는 일. 그래 봤자 고작 몇천 원 차이일 뿐인데 '고작'이라는 말을 붙이는 것은 시간이 지나고 나서야 가능해진다. 천 원 이천 원, 만 원 이만 원은 아무것도 아니라고 생각하면서도 그 아무것도 아닌 것을 나를 위해 쓰기에는 왜 자꾸 망설임이 앞장서서 튀어나오는 건지.

안 그래야지 마음먹지만 시도 때도 없이 옹졸해지는 마음 때문에 자꾸만 민망해지는 내가, 사랑하는 사람에게는 늘 좀 더 좋은 것을 주고 싶어진다. 몇천 원 사이에서 고민하며 보내는 시간이 사라졌으면 좋겠다는 마음을 품는다. 망설이는 마음 같은 건 마치 더운 나라에서 상상하는 빙하처럼 처음부터 존재하지 않는 거였으면, 함께하는 우리에게는 알아도 모르는 거였으면 좋겠다. 우리는 앞으로도 계속 함께해야 하는 사이일 테니까. 그런 사이이길 바라니까.

당신 곁에서 나도 '덕분에' 좀 더 좋은 것을 향유한다. 입 속으로 들어가는 것뿐만 아니라 내가 맡는 싱그러운 향기, 함께 바라보는 풍경, "느릿느릿 흘러가는 것이 좋다"고 말할 수 있는 마음까지도. 이 거리를 좀 더 천천히 걸어도 된다는 말소

리, 걷다가 갈림길이 나왔을 때 반드시 한쪽은 성공이고 한쪽
은 실패라고 생각하지 않게 만드는 여유, 망설이지 않고 좀 더
좋은 것을 선택하게 하는 용기, 좀 더 좋지 않은 것을 선택해
도 후회하지 않게 만드는 응원과 지지 모두 옹졸한 내가 사랑
하는 사람 '덕분에' 누릴 수 있는 행복이다.

　당신이 당신 자체로 좋은 사람이기도 하지만, 나에게 좋은
것을 안겨 주는 사람이라서 고맙다. 그게 하릴없이 좋은 것이
다. 오늘도 역시 선연하게 떠오르는 이기심 뒤에 숨어 본다.
나 자신을 위해 당신을 행복하게 해 주고 싶다고.

나는 걸음이 빠르다. 다리가 긴 것도 아닌데 친구들 사이에서도 조금 빠르게 걷는 편이다. 산책을 할 때도 마찬가지. 풍경을 바라볼 때는 느릿느릿 걷다가 함께 걷는 이와 이야기라도 나누며 걷는 순간엔 변함없이 다시 걸음이 빨라진다. 긴장하면 자꾸만 떨리는 목소리처럼 뭔가에 골몰하면 다리가 가장 부지런해진다. 그래서 참 많이 혼났다. "너는 왜 이렇게 혼자 먼저 가?"

당신과 함께 걷는 길. 분명히 같이 걷고 있었는데 멈추어 보니 내가 다섯 걸음 정도 더 앞에 서 있었다. 나는 미처 몰랐던 내 모습이었다. 당신은 나를 '앞만 보며 걷는 사람'이라고 불렀다. 재잘재잘 얘기하며 걷다가 내 질문에 아무 대답이 없으면 그제야 옆을 돌아보고 내 뒤에 멈추어 있는 당신을 바라봤다. 조금은 화난 얼굴. 그러면 나는 그 자리에 서서 당신이 다시 내 곁으로 오기를, 굳은 표정이 환해지기를 바라며 잠시 기다렸다. 이곳저곳 눈길 둘 곳을 찾다가 멋쩍은 마음에 뻔한 사과를 하고는 했다.

"미안, 내가 또 빨리 걸었네."

"나에게 집중을 안 하니까 그렇지."

그 말을 듣고서는 이번엔 내 표정이 살짝 딱딱해졌다. 그냥 내 걸음이 조금 빠른 건데. 집중하지 않는다는 말에만 집중해서 금세 울컥하고 삐뚤어진 마음을 먹었다.

돌이켜 보면 내가 걸음의 속도를 늦추는 게 맞다는 생각이 든다. 다섯 걸음을 앞서 걷는 일이 다섯 번도 넘게 반복됐을 때 아차 싶은 깨달음과 미안함만으로는 아무래도 무례한 사람이 될 수밖에 없으니까. "내 마음은 변함없이 여기 있는데 왜 서운해하는 거야?"라고 묻기 전에 내가 해야 할 일은 걸음의 속도를 늦추는 것이었다.

"너는 감정 표현을 좀 더 할 필요가 있어"라는 말을 들으면

"나는 원래 잘 표현 안 하잖아"라고, "같이 있을 땐 휴대폰 좀 그만 봐"라고 말하면 "회사에서 자꾸 연락이 와서 어쩔 수가 없어"라고. 내가 했던 대답은 그랬다. 원래 내 성격이니까. 어쩔 수 없는 일이니까. 정답이 없는 게 사람 사이의 관계라지만 핑계로 가득 채운 나의 답지에는 빨간 작대기가 주욱 그어질 것이었다. 관계의 기본 조건이 애정이라면 애정을 가능하게 하는 바탕은 배려라는 것을 나는 이제야 아주 천천히 조금씩 알게 되었다.

지금까지의 나는 창가에 좋아하는 향의 인센스를 피우고 창문을 활짝 열어 놓는 사람. 바깥으로 훨훨 떠나가는 향기의 모양을 좇으며 좋아하는 마음이 내 방 안에 쌓이지 않는다고 속상해했던 사람. 가득히 눌러 담은 마음도 상대의 손이 닿지 않는 곳에 깊숙이 숨어 있으면 언젠가 바짝 말라 버릴지도 모른다.

얄미울 만큼 앞서 걷는 나에게로 당신은 언제나 먼저 다가왔다. 다시 팔짱을 끼며 이러면 우리 앞으로 떨어지지는 않겠다고 말하면서 굳은 표정을 풀었다. 색연필로 그은 빨간 작대기에 선을 두 개 더 그어 세모를 만들어 주었다. 내 모자람에

스스로 상심하거나 상처 입지 않도록 어깨를 꾹꾹 눌러 주었다.

그러고는 철 지난 노래를 부르며 나를 놀렸다. "한 걸음 뒤엔 항상 내가 있었는데 그대 영원히 내 모습 볼 수 없나요." 슬픈 노래를 웃으며 부르는 사람이 곁에 있을 땐 얼었던 마음이 금세 녹았다. 그러면 이제는 내 차례겠지. 당신을 바라보며, 다시 손짓하며 언제나 사랑하는 일. 슬픈 노래를 함께 웃으며 부르는 일. 세상에서 가장 빨리 얼음을 녹이는 일.

너에게
코로나 블루가 _____

요즘 우울한 소리만 하는 내가 너에게는
그 자체로 코로나 블루일까.
이 우울함의 이름을 빌려 쓰는 편지에는
내 미안한 마음이 담겨 있어.
곁을 지켜 주다가 이내 지쳐 버리면 어떡하지.
혹시 내가 누군가를 지치게 하면 어떡하지.
지금 이곳에 상주하는 나의 울적함은
사실 알고 보면 서걱대며 가을을 타는 거라서
한 번의 계절만큼만 머무르다가 떠날 거야.

오해는
금물

　　어릴 때는 누가 조금만 잘해 주면 나를 좋아하는 줄
알았다. 밥을 사 주면 마음이 있다고 생각했다. 편지를 주는
사람은 나를 사랑한다고 믿었다. 그런 오해가 상처로 변하고
마음에 흠집을 낼 때 아팠지만 지나고 보니 참을 만했다. 나도
마음이 없는 사람에게 밥을 사 주고, 책상에 초콜릿을 올려놓
기도 하고, 서점에 갔다가 생각나서 샀다면서 제목이 다정한
책을 건네기도 했다. 서로의 눈을 지그시 바라보며 하는 말을
모두 들어 주고 고개를 끄덕였다. 애정이었거나 어쩌면 애정
을 떠나서도. 그때 어렴풋이 좋아하는 마음에도 여러 종류가
있음을 알았다. 호의와 배려를 사랑이라고 오해했던 날. 그런

날이 쌓여서 사람의 마음에 대해서는 해야 하는 일과 하지 말아야 하는 일이 있음을 알았다. 상처를 받든 말든 상관없다고 생각하는 사람들에게는 안하무인이 되어서 조금씩 더 뻔뻔해지는 법도 배웠다.

경험을 통해 뭔가를 배우는 것은 확실하지만, 경험을 반복하면서 배우고 익숙해진다고 해서 모든 반복이 아무렇지 않은 것은 아니었다. 생일 초가 하나씩 늘어 가듯이 열 손가락으로 다 셀 수 없는 사랑의 경험이 차곡차곡 쌓여도 여전히 아무렇지 않지는 않다. 여전히 어렵다.

모든 것이
선물로 남는 사이 _____

그 사람, 무뚝뚝해 보였어. 참 정이 없어 보였는데 마당에 있는 누런 개한테는 다정했지. 10년을 넘게 키웠다고 했어. 눈이 오면 같이 뛰어놀고, 무서운 밤에는 화장실도 꼭 데려갔대. 지난겨울 눈이 엄청 오던 날, 그 사람은 신이 났는데 누런 개는 힘이 없어서 그제야 알았대. 마지막 겨울이 될 거라는 걸. 우리가 함께하는 마지막을 예감하는 일.

언젠가 내가 말했어. 나는 눈이 큰 생명에게는 마음을 못 주겠다고. 내가 더 오래 사는 일이 미안한 일이 될까 봐 괜한 걱정이 된다고. 그 사람, 언제나처럼 무뚝뚝하게 대답했지. 정말로 소중히 여긴 것은 행복한 기억만을 남기고 간대. 슬픔이 사라지는 건 아니지만 결국은 그 모든 게 선물이라는 걸 알게 된대. 그 말을 하는 높낮이 없는 음성이 왜 그렇게 다정했는지.

박스에 예쁘게 포장된 과일, 취향별로 고른 따뜻한 커피, SNS에서 유명하다는 디저트 가게의 케이크. 본가에 갈 때면 사 가는 것의 목록이다. 내가 생각하는 가장 도시적인 것이자 젊음의 끝에 서 있다고 생각하는 작은 사치. 내가 사 가지 않으면 할머니도, 엄마도 사 먹지 않을 것. 내가 아니면 우리 가족에겐 멀게만 느껴질 사소한 것을 미안한 마음 대신 전하고 싶은 건지도 모른다.

얼마 전에 집에 갈 때는 배스킨라빈스 아이스크림 제일 큰 사이즈를 사 갔다. 할머니는 내 손에 들린 냄비만 한 아이스크림 통을 보고 안 그래도 추운 날 무슨 아이스크림이냐고, 사

오느라 손이 꽁꽁 얼었겠다고 말하며 내 손을 문질러 주었다.

커피를 열 번 사 가면 할머니는 눈을 똥그랗게 뜨고 열 번 다 묻는다. "아이구야, 이거 많이 비싼 거지?" 얼마 안 한다고 제값을 말해 주면 눈이 더 똥그래진다. 이걸 그 돈 주고 사 먹냐며 손사래 친다. 하지만 마음속으로는 웃고 있다는 걸 안다. 겉과 속이 다른 응큼한 웃음이 아니라 마음이 뭉근하게 달궈지는 웃음. 할머니는 밖에서 사 먹는 커피를 좋아하니까.

가끔 주말에 가족과 함께 차를 끌고 근교 카페에 가는데, 그럴 때면 할머니는 평소에는 화장대 서랍에 곱게 모셔 두는 선글라스를 꺼내 가방에 챙긴다. 다행히 당뇨는 없어서 할머니에게 달콤한 커피를 시켜 주면 할머니는 커피잔 바닥이 보이도록 호로록 몽땅 마셔 버린다. 그건 할머니 나름대로의 표현일지도 모르겠다. 커피잔 바닥에 무겁게 가라앉은 달콤한 시럽처럼 어딘가에 자꾸만 눌어붙는 애정. 몇 해 전 삼촌에게 선물 받은 선글라스를 쓰지도 않으면서 가방에 챙기는 것도 마찬가지겠지. 테이블 위에 선글라스를 꺼내 놓고 안경닦이로 반짝반짝 광을 내는 손길도 모두.

'행복해지고 싶다'고 적는 대신,
담백한 일상에서 '행복을 발견하는 사람'이 되기로 했다.
그동안 일기장에 적었던 행복해지고 싶다는 말은
마치 지금의 나는 행복을 모르는 것처럼,
늘 행복을 기다리는 사람처럼
스스로를 가두어 둔 게 아니었을까.
특별히 좀 더 행복한 순간이 있다고 해서
나머지 시간이 볼품없는 것은 아니니까.
행복한 날의 반대말은 행복하지 않은 날이 아니라,
덜 행복한 날이다.
나는 이제야 덜 행복한 날이 애틋하다.

현관 앞에서
당신의 뒤통수를 본 날에는 __

엄마 앞에 서 있을 때 나는 늘 엄마의 뒤통수를 보는 느낌이다. 언제나 뭔가를 해야 하는 사람. 나보다 먼저 일어나야 하는 사람.

할머니는 나보다 걸음이 한참이나 느린데 역시 늘 나보다 앞서서 걷는 삶을 산다. 같이 살 때, 알람 시계가 있는데도 늘 할머니에게 깨워 달라고 부탁했다. 늦게 잠들어 늦잠을 잔 날에도 나는 할머니한테 짜증을 냈다.

"할머니. 나 왜 안 깨웠어."

"깨웠지. 근데 네가 또 자서 괜찮은 줄 알았지."

1초의 흐트러짐도 없는 휴대폰 알람보다 엄마랑 할머니에게 깨워 달라고 말하는 게 더 안심이 되었다. 당신들보다 먼저 일어나면, 그리고 더 늦게 누우면 나도 누군가에게 믿음을 줄 수 있을까. 엄마와 엄마의 엄마에게 내가 먼저 괜찮다고 말하는 어른은 언제쯤 될까.

어른의
기준 _____

내가 꿈꾸는 어른의 기준이 하나둘 늘어 간다.

어릴 적부터 영화나 드라마를 볼 때마다 등장인물들이 참 대단하다고 생각했다. 어쩜 그렇게도 비밀을 잘 간직하는지. 특히나 사랑하는 상대의 행복을 위해 침묵을 선택하는 사람들을 보면 답답하면서도 대견했다. 나는 할 수 없는 일이다. 무작정 눈물이 흐르면 몰래 뒤에서 울기야 하겠지만, 나는 꼭 나중에 내가 이만큼 울었다고 그 사람 앞에서 말해야만 속이 시원한 사람이다. 금세 다른 사랑이 찾아와서 지난 상대를 새까맣게 잊고 지내는 건 가능하지만, 상대를 마음에 품은 채로 뒤에서 묵묵히 응원하기만 하는 사람은 못 되는 것이다. 티브이 화면 속 주인공이 가슴에 간직하기로 한 비밀은 우리 같은 사람들이 함께 지켜보며 짧은 탄식이라도 내뱉지만, 내 마음은 나 말고는 아무도 모를 테니까. 그게 속상해서 꼭 그렇게 티를 냈던 것 같다.

내 앞에서는 울지 않으려 애썼던 사람. 그 사람의 마음을 들여다보는 순간이 오면 나도 조금은 어른이 될까.

할아버지의
구루마 _____

외출이 자유롭지 않은 요즘. 오랜만에 약속이 있는 주말이었다. 약속 장소인 대학로에 가기 위해 동대문역사문화공원역에서 4호선으로 갈아타려고 재빨리 걸었다. 계단을 내려가다 중간에 멈추어 있는 한 할아버지를 봤다. 할아버지는 짐을 가득 실은 구루마를 끌고 계단을 내려가고 있었다. 예전의 나는 이런 상황에서 굳이 나서지 않는 사람이었는데 언젠가부터 무거운 짐을 든 어르신이라든지 자기 몸만 한 캐리어를 들고 끙끙대는 사람을 보면 먼저 다가가서 묻는다. "좀 도와 드릴까요?" 여럿이 있을 때는 선뜻 나서지 못하지만 혼자일 때면 오히려 더 편하게 묻는다. 도움을 주는 것도, 도움

— 주말은 오니까

225

을 주려는 마음을 거절당하는 것도 모두 누군가의 앞에서는 번거로운 생색이 되어서.

"도와 드릴까요?" 묻는 내 말에 할아버지는 괜찮다고 손사래를 쳤다. 들어 드리겠다고 한 번 더 말하면서 구루마를 들어올리려 했더니 할아버지가 "아니, 이거 엄청 무거워서 혼자 못 들어. 다쳐!"라고 하셨다. 구루마 안에 담긴 물건이 신문지로 퉁퉁 싸여 있어서 안에 뭐가 들었는지는 몰랐다. 그런데 막상 구루마를 들어 보니 너무 가벼워서 살짝 놀랐다. 둘이 들어서 그렇다기보다 처음부터 가벼웠던 무게. 하지만 그건 할아버지의 거짓말이 아니었다. 할아버지에게는 아마 절대 혼자 들 수 없는 무게였을 테니까. 나는 실제보다 조금은 더 무거운 척하며 계단을 하나하나 내려갔다. 할아버지와 나, 서로의 리듬을 맞추면서.

독립을 하기 전에 본가에서 할머니와 같이 살던 때의 기억이 났다. 집안일을 도맡아 하던 할머니는 손빨래를 하면 빨래의 물기를 짜지 않고 그대로 빨랫줄에 널었다. 그래서 꼭 손빨래를 해야 했던 막내이모의 울 스웨터나 삼촌의 출근용 셔츠는 늘 다른 빨래보다 더 오래 빨랫줄에 걸려 있었다. 궁금했다. 물기를 조금만 더 짜면 훨씬 금방 마를 텐데. 그건 내가 아무것도 몰랐기 때문에 할 수 있던 생각이었다.

한번은 할머니랑 같이 손빨래를 했다. 베란다에서 빨래를 널면서 할머니가 손빨래를 할 때마다 오랜 시간 정성을 들여 옷을 꼭꼭 짠다는 것을 알았다. 다만 할머니는 손에 힘이 없으니까 내가 손아귀에 힘을 주어서 빨래를 짜는 만큼이 되지 못했을 뿐이었다. 할머니는 그저 뭉툭한 손으로 빨래의 물기를 훑고 있었다. 그건 할머니의 최선이었다. 그날 이후 빨랫감을 세탁기에 넣으러 베란다에 갈 때면 괜히 건조대에 걸려 있는 빨래를 한 손으로 슬쩍 쥐어 봤다. 물기가 흥건하면 한 번 더 눌러 짰다. 그건 내가 할 수 있는 최선이었다. 요즘엔 누가 할머니를 도와 빨래를 짜 주려나.

또래의 남자들보다 팔뚝이 얇은 나는, 운동을 안 해서 근육이라고는 눈을 씻고 찾아봐도 하나 없는 나는, 친구들에게 비실비실하다고 늘 놀림을 받는 나는 그저 아직 젊다는 이유로, 내가 남자라는 이유로 갖고 있는 기본적인 힘에 대해 생각할 때가 있다. 그리고 그것이 얼마나 상대적인지, 동시에 또 얼마나 절대적인지 생각하면 가끔씩 부끄럽다. 물리적인 힘뿐만 아니라 마음도 생각도. 내가 가지고 있는 깊이로만 판단해 왔던 수많은 당연함. 내가 생각하는 당연함에 미치지 못한다고 무시하거나 속으로 언짢게 생각했던 타인의 최선. 지금까지 모든 것을 내 기준에 맞춰서 생각했던 태도를 돌아보면 부끄러워지는 것이다.

할머니의 빨래는 물기가 넘쳐 이틀 밤낮을 말려야 했던 적이 많았지만 이상하게도 마르고 나면 좋은 냄새가 났다. 내 빨래는 물기를 꼭 짜서 금방 말랐지만 어딘가 퀴퀴한 냄새가 날 때가 많았는데. 내 기준에 맞춰 최선을 다한 것이 꼭 정답이 아닐 수도 있음을 배워 가고 있다.

굳이 굳이
상처를 주려고

영화 〈82년생 김지영〉을 봤다. 중반쯤 지났을까. 관객 한 명이 끄억끄억 울음을 터뜨렸다. 조용한 극장 안에 울려 퍼지는 울음소리에 관객들이 술렁이기 시작했다. 그 옆에 앉은 동행인도 놀랐는지 스크린의 빛을 받아 언뜻 보이는 표정에 당혹스러움이 묻어났다. 그 장면은 주인공 김지영이 살아오면서 겪은 무수한 부조리 중 하나를 회상하는 부분으로, 사람들이 흔히 말하는 울음 포인트는 아니었다. 대부분의 관객은 숨죽이며 마음속의 분통을 누르거나 한숨을 쉬며 욕이 입 밖으로 튀어나오지 않도록 애쓰고 있을 참이었다.

작은 비닐봉지에 꾹꾹 눌러 담아 가까스로 묶어 놓은 물건이 더 이상 참지 못하고 용수철처럼 튀어 오르는 울음. 내 귓가에 전해진 건 그런 울음소리였기 때문에 어서 다음 장면으로 전환되기를 잠자코 기다릴 수밖에 없었다. 울음이 조금씩 잦아들기를. 크게 울고 조금은 가벼운 마음이 되기를. 극장 안에 있는 모두가 같은 마음이었을 것이다.

공감이나 이해라는 말을 하는 것은 언제나 어려운 일이다. 성별이나 집단을 떠나, 그 사람이 되어 보지 못한 나는 어떤 일 앞에서 고개를 끄덕이는 것조차도 가끔은 쉽지 않다. 주체할 수 없어서 그저 수그러들기만을 기다려 본 울음을 알고 있는 사람이라면.

사실 누군가의 고민 토로나 고충 앞에서 내 입으로 나오는 공감의 소리와는 다른 마음을 품은 적이 많다. '이게 그렇게까지 생각할 일이야?'라거나 '저 정도는 모두 감당하지 않나. 왜 자기만 그렇다고 생각하는 거지?' 같은 생각. 상대의 귀에 들어갔으면 변명거리를 찾느라 하루 종일 고민해야 했을 속마음.

어제의 울음은 그런 마음을 품었던 나를 숙연하게 만들었다. 공감이나 이해라는 말은 아끼면서도, 공감과 이해에 가까워질 수 있도록 노력하는 마음은 필요하다는 생각이 들었다. 그때 가장 경계해야 할 것은 굳이 굳이 상처를 주려는 사람들. 굳이 굳이 괴로워질 말을 내뱉고서는 아니면 말고를 시전하거나 나 몰라라 도망가는 사람들이다.

어릴 때 엄마는 형이 잘못하면 나를 같이 혼냈다. 내가 잘못을 해도 형을 같이 혼냈다. 한번은 내가 잘못한 것도 아닌데 왜 같이 혼내냐고 엄마에게 따져 물은 적이 있다. 엄마는 "너네가 형제니까!"라고 말했다. 형이 잘못하면 동생이, 동생이 잘못하면 형이 바른 방향으로 이끄는 게 당연하지 않냐고. 지금 생각해 보면 그 말은 형제가 둘이 힘을 합쳐 잘못을 줄여 가라는 뜻이었던 것 같다.

나는 자주 방관자가 된다. 누군가의 잘못으로 상처받는 사람이 생겨날 때도 '내 잘못은 아니니까' 하고 한 걸음 뒤로 물러났다. 어쩌다 잘못을 저지른 사람의 범주에 내가 속하면 나에게도 스크래치가 날까 봐 두려웠다. 그래서 늘 나는 아무 잘못 안 했다고 외치고 다녔던 게 아닐까. 그러는 동안 느꼈던 분통과 억울함은 아마 '잘못 없음'을 증명하기 위한 부단한 노력의 결과겠지. 이런 나를 보고 엄마는 다시 회초리를 들 것 같다. 언제까지 기다리기만 할 거냐고. "네 잘못이 없으면, 너만 안 혼나면 그만이니?"라고 묻는 엄마에게 나는 아무 잘못 안 했다고 말하는 건 이제는 너무 어린애 같은 이야기다.

악역에는 이유가
없었으면 좋겠다 _____

현실이 드라마와 다른 이유는 악역의 존재 때문이 아닐까. 내 인생을 예로 들어도 드라마와 동일선상에 위치하면서도 조금씩 비껴 나가는 것처럼 느껴지는 건 내 인생에는 악역이 없으니까. 마음을 힘들게 하는 사람의 얼굴은 여럿 떠오르지만 악역이라고 이름 붙이기엔 그들을 악역이라고 부르는 내가 더 악역 같다.

그런데 요즘에는 드라마에도 악역이 점차 사라지는 것 같다. 착한 역할의 주인공만 등장한다기보다는 처음에 악역으로 등장한 사람의 나쁜 행동이 나중에 가서는 시청자에게 이해받을 수 있는 행동으로 변한다. 그 행동에는 필연적인 이유와 원인이 있었음을 납득하게 되는 것이다. 어떤 상처로 인해 본의와는 다르게 내면의 악함을 키워 올 수밖에 없었다고. 그 상처라는 것의 시작은 대부분 누구나 공감할 수 있는 사소하고 보편적인 것이라서 나 역시 고개를 끄덕일 수밖에 없었다.

그런데 언젠가부터 그런 이야기가 불편해지기 시작했다. 어떤 상처는 깊이만 다를 뿐 모두에게 공통적으로 존재하더라도 그 상처를 감당하는 삶의 모양은 사람마다 모두 다르다는 것을 알게 되었기 때문이다. 어쩌면 핑계일지도 모르겠다. 그저 마음의 여유가 없어서 '내가 왜 다른 사람이 가진 내면의 상처까지 이해해야 해?'라고 생각하는 것일 수도 있다. 하지만 여유가 없는 지금 내가 가장 하고 싶은 일은 나처럼 여유가 없는 누군가가 만날 악역을 차례차례 제거하는 것. 악역으로 인해 받게 될 1차 외상의 원인을 제거하는 것. 그게 더 낫다는 내 생각에 사람들의 동조를 얻고 싶은 것이다.

내가 상처를 가지고 있음을 타인이 알아챌 수밖에 없다고 해도 그걸 넌지시 드러내는 모양은 내가 선택할 수 있는 게 아닐까. 나도 그렇고 사람들도 그렇고 처음부터 악역이 되지 않았으면 좋겠다. 이만큼 아프고 곪았다고 해서 상대도 당해 보라는 식으로 말하기도 싫고, 나 때는 말이야 하며 지난 시간 동안 내가 얼마나 성실하게 고된 시간을 겪었는지 설명하기도 싫다. 내 상처 앞에서 당신의 그건 아무것도 아니라는 듯 알은체하고 싶지도 않다. 상처가 있으니 우린 악역이 될 합당한 이유가 있다는 근거 없는 논리에 힘을 보태기도 싫다. 모두에게 있는 상처지만 그건 모두에게 각자의 것일 테니까. 모두에게 모두의 슬픔과 그만큼의 위안과 충분한 치유가 모두 모두 모두만큼 온전했으면 좋겠다.

힘들었었어의 '었'이
두 번 나오기 전에 _____

오늘도 그만 엽서를 사고 말았어요. 낯선 곳에 갈 때마다 그 순간을 기억할 수 있는 물건을 찾잖아요. 기념품 같은 것이요. 한동안 자석이나 배지를 열심히 모았는데 언젠가부터 엽서를 하나둘 샀어요. 값도 싸고 가볍고 공간도 얼마 차지하지 않아요. 뭔가를 자꾸 사들인다는 생각에 마음이 불편해질 때 그 죄책감을 줄이기에도 딱입니다. 수년 동안 차곡차곡 쌓아 온 엽서는 조그만 선물 상자 하나에 충분히 들어가고도 남으니까요.

하고 싶은 말이 쌓이면 선물 상자를 열어 오늘 적을 엽서를

목요일은 지나가고

골라요. 이 시간이 나에게 얼마나 큰 행복을 주는지 사람들은 알까요. 낯선 곳에서 고르고 골라 데려온 엽서 사이에서 친애하는 사람에게 보낼 한 장의 엽서를 고르는 일. 그 기분이 좋아서 오랫동안 손끝으로 매만집니다. 그러니까 당신은 꼭 아셔야 해요. 내가 그날 건넨 것은 조그만 글씨로 채워 넣은 고마운 마음과 오랜 날의 추억입니다. 어디선가 마주했던 낯선 공기와 귓가에 맴돌던 음악도 함께 담았어요. 공들여 모은 엽서에 편지를 적으면서 처음에는 고민도 했습니다. 내가 가진 엽서는 모두 한 장뿐이니까, 이 한 장을 누군가에게 주면 나는 무엇으로 그날을 추억할까 싶었거든요. 그런데 당신이 알려주었잖아요. 하나뿐인 것을 주는 마음은 하나뿐인 걸 찾는 마음과 같다는 것을요.

내 엽서를 받은 당신은 늘 웃으며 말했어요. 언제나 급하게 마무리되는 끝인사가 좋다고요. 언젠가 다음 엽서에서 못다 한 얘기가 이어질 것만 같다고요. 그래요. 내 편지는 언제나 마무리가 어색했어요. 깨알같이 작은 글씨로 시작했는데도 할 말을 이리저리 풀어놓다 보면 어느새 빈칸이 남아 있지 않았으니까요. 새 엽서를 한 장 더 꺼내자니 또 그 여백은 채울 자신이 없어서 늘 무슨 얘기를 하다가 급하게 마무리 짓고는 했어요. 모서리와 모서리, 꼭짓점과 꼭짓점에 매달린 인사들.

나는 편지가 길어지면 걱정이 되어요. 이건 당신에게 하고 싶은 말일까, 아니면 나에게 하고 싶은 말일까 헷갈려서요. 다른 사람의 이름을 붙였지만 결국은 나에게 하는 말일까 봐, 그 사실을 상대가 알아채면 부끄럽고 민망할 테니까요. 편지로 적는 이야기는 어쩌면 쓰는 사람과 받는 사람 모두, 그러니까 '우리'에게 하는 말일까요? 괜찮다면 오늘도 그냥 모른 척 들어 주세요.

어제 우리가 나눈 대화를 기억합니다. 가끔 예전으로 돌아가 그때와 다른 선택을 했다면 어땠을까 하는 생각이 든다고 했죠? 지금 이 순간, 내가 할 수 있는 최선의 삶을 살아가고 있는 게 맞는지 알고 싶다고 했어요. 그 질문에 답을 내릴 수는 없을 것 같아요. 왜냐하면 나도 닮은 생각을 하거든요.

그런데 다시 이런 생각이 들었어요. 예전에는 후회가 없는 삶을 살고 싶다고 생각했는데, 요즘은 후회가 적은 삶을 살고 싶다는 다짐을 해요. 그래서 일하는 게 힘들어도 최선을 다하고, 사람들과의 관계에서 어려움에 맞닥뜨리더라도 주변의 시선에 휩쓸려 쉽게 판단하거나 쉽게 말을 내뱉지 않으려고

목요일은 지나가고

노력하는 중입니다. 그러다 보면 돌아오는 연말에는 조금은 후회를 줄일 수 있지 않을까요.

내가 아는 당신은 어떤 상황에서도 최선을 다하고, 힘든 일은 참다 참다 혼자서 어떻게든 해결하고 나서야 우리에게 "짠! 사실 이런 일이 있어서 힘들었었어"라고 말하는 편이잖아요. 그러니까 지금 어떤 선택을 하고, 또 조금씩의 후회가 생기더라도 당신은 당신의 최선을 다했음을 기억해요. 지금 여기에 후회가 생겨난다고 해도 그건 후회 중에서도 분명히 최소한의 후회일 거예요. 당신이 늘 그 사실을 생각하면 좋겠어요.

마지막으로 내 바람을 말해도 될까요. 당신의 입에서 힘들었었어의 '었'이 두 번 나오기 전에 나에게 먼저 말해 주었으면 좋겠어요. 나는 책임감이 없으니까, 문제를 해결할 솜씨도 없으니까 나한테만 말하는 게 못 미더울지 모르지만, 그럴 때마다 늘 당신에게 편지를 적을게요. 하나뿐인 엽서를 골라 하나뿐인 것을 주는 마음을 적어 보낼게요.

'힘들었었어' 이전에, '힘들었어' 이전에, '힘들어'라는 말을 잘 들어 줄 테니까요. 그러니까 내가 먼저 들어 줄 테니까요.